「考える人」は本を読む

河野通和

角川新書

本書は、季刊誌「考える人」（新潮社）のメールマガジン（毎週木曜日配信）に書かれた文章のなかから、27回分を選び、加筆、修正の上、再構成しました。各項の末にあるNo.はメールマガジンの配信番号、日付は配信日を示しています。

「考える人」は本を読む　目次

Ⅰ　読書を考える……9

『それでも、読書をやめない理由』デヴィッド・L・ユーリン　柏書房　10
『〆切本』左右社　20
『「本屋」は死なない』石橋毅史　新潮社　47
『ボン書店の幻——モダニズム出版社の光と影』内堀弘　ちくま文庫　58

Ⅱ　言葉を考える……71

『わが盲想』 モハメド・オマル・アブディン ポプラ社 72
『僕らの仕事は応援団。——心をゆさぶられた8つの物語』 我武者羅應援團 大和書房 81
『スローカーブを、もう一球』 山際淳司 角川文庫 92
『展望台のある島』 山川方夫 慶應義塾大学出版会 101

Ⅲ 仕事を考える

Ⅲ 仕事を考える……111
『思い出し半笑い』 吉田直哉 文藝春秋 112
『姉・米原万里——思い出は食欲と共に』 井上ユリ 文藝春秋 123
『夜中の電話——父・井上ひさし 最後の言葉』 井上麻矢 集英社インターナショナル 134
『作家が死ぬと時代が変わる』 粕谷一希 日本経済新聞社 143

Ⅳ　家族を考える　153

『小倉昌男　祈りと経営――ヤマト「宅急便の父」が闘っていたもの』　森健　小学館　154

『秋山祐徳太子の母』　秋山祐徳太子　新潮社　164

『願わくは、鳩のごとくに』　杉田成道　扶桑社　173

『「私」を受け容れて生きる――父と母の娘』　末盛千枝子　新潮社　180

Ⅴ　社会を考える　193

『広告は、社会を揺さぶった――ボーヴォワールの娘たち』　脇田直枝　宣伝会議　194

『大東京　ぐるぐる自転車』　伊藤礼　東海教育研究所　205

『ゴミが降る島』　曽根英二　日本経済新聞社　215

『ジーノの家――イタリア10景』　内田洋子　文藝春秋　224

Ⅵ　生と死を考える……233

『さもなくば喪服を』 D・ラピエール&L・コリンズ　ハヤカワ文庫　234

『へろへろ――雑誌『ヨレヨレ』と「宅老所よりあい」の人々』 鹿子裕文　ナナロク社　244

『モリー先生との火曜日』 ミッチ・アルボム　NHK出版　254

『ただマイヨ・ジョーヌのためでなく』 ランス・アームストロング　講談社文庫　265

『つながりあういのち』 千石正一　ディスカヴァー・トゥエンティワン　274

あとがき　284

Ⅰ 読書を考える

静かな革命

『それでも、読書をやめない理由』

デヴィッド・L・ユーリン

(柏書房)

「数年前のあるとき――いつだったか、正確には覚えていないが――、腰を落ち着けて本を読むのが難しくなってきたことに気づいた。わたしのように本を読むのが仕事の人間にとっては、じつにまずい。それどころか、本を読むことが人生そのものだったわたしにとって、事態はまずいどころか深刻だった」――こう告白するところから、「本離れ」に関する著者の自己省察が始まります。

根っからの本の虫でした。本があふれている家で育ち、最も幼い頃の記憶では、はしごをのぼって床から天井まで続く本棚の中から、魅力的な表紙絵の本を探していました。思春期には、手当たり次第に乱読しました。大学を卒業した年の夏には、バックパックひとつでヨーロッパ中の書店めぐりをし、またジャック・ケルアックの『オン・ザ・ロード』を片手にアメリカ大陸横断の旅をしたこともあります。これらの旅に連れ立った恋人との新婚旅行では、敬愛する作家がかつて暮らしていた浜べにたたずみ、作品に描かれていた光景を心の中に刻みつけました。現在は大学で創作を教えるかたわら、さまざまなメディアに書評を書いて暮らしている……そんな読書家に、深刻な危機が忍び寄っていたのです。

どういうことかといえば、注意力が散漫になり、本に集中できなくなったというのです。読書をするのはもっぱら夜でした。家族が寝静まってから、本の世界に没頭していました。「ところが最近では、パソコンの前で数時間過ごしてからでないと本を手に取らなく」なりました。しかも少し読むと、すぐに気が散って、いつの間にか「本を置いてメールをチェックし、ネットサーフィンをし、家の中をうろついてからようやく本にもどる」ということを繰り返しているのです。

どうしてこんなことになったか、といえば、高速インターネット回線をつないだからだ、と原因はハッキリしています。情報を一瞬で手に入れる楽しさに夢中になって、気がつけばパソコンをフル稼働していました。そんなものはテクノロジーがもたらす雑音だ、と理性が告げるにもかかわらず、その魅力と好奇心につい身をまかせ、「カルチャーに関する世間の騒ぎや、だれかれのブログの更新や、新しいニュースや、とにかく、ネット上のあらゆる叫び声」に、集中力がこま切れにされた自分を発見するのです。

それをズバリと衝いたのは15歳の息子でした。中学校の授業でフィッツジェラルドの『グレート・ギャツビー』を読んでいるという息子が、「文学はもう死んでるね」とそっけなく言ったのです。読書家でない息子の精神活動は、おもに「パソコンの回路や通信速度や低い作動音の中で行われて」います。「だから、もう、だれも本なんて読まないんだ」——これは、読書家である父に向かっての〝自立宣言〟でもありました。

著者はうろたえると同時に、はっと気づかされます。その通りだ、息子が間違っているとは、自分だって思えないのだ、と。息子は自分がこれまで直視することを避けていた不安を、鋭く、槍《やり》で突くように指摘したまでなのである——。

こうして始まったのが、この読書論です。ここで著者が「本」とみなしているのは、主として「文学」の話です。ただ、いわゆる小説だけではなく、1776年、トマス・ペインによって書かれた『コモン・センス』は、その中でも特別の位置を占めています。アメリカ独立革命の導火線に火をつけたこの匿名のパンフレットは、植民地時代のアメリカで空前のベストセラーとなりました。15万部が売れ、さらにそれが広まり、数十万人以上の耳目を集めたといいます。ジェファソンの『アメリカ独立宣言』は、これを下敷きにして書き始められました。そして忘れてならないのは、印刷物は当時の最先端技術の産物だったという事実です。いまでいえば「ブログを介した全地球的コミュニケーション」のようなニューメディアでした。

違っているのは、影響力という点です。本にせよ、ブログにせよ、現代社会で『コモン・センス』のように広く、深く、継続的な影響力を及ぼすメディアは、まず皆無だといっていいでしょう。折々に話題となるものは現われますが、またたく間に消費され、人々の関心は他のものへとうつろいます。そうした現状を容認した上で、なお読書の意味、そして文学の存在理由を見出《みいだ》すとすれば、それはどこにだろうか？　著者は息子の〝反撃〟に応《こた》えるために、いや何よりも自らの確信を得るために、本書を書き起こします。

情報社会がもたらす弊害については、すでに多くの言葉が費やされてきました。本書にはオバマ大統領が、ある大学の卒業式で行ったスピーチが紹介されています。興味深いのは、「Change（変革）」を旗頭に掲げ、インターネットの力を最大限に利用して勝利を収めたとされる大統領が、次のように語っていることでした。少し長くなりますが、引用します。

〈みなさんは、二十四時間絶え間なく情報を提供し続ける社会の中で成人しました。この社会はわたしたちにあらゆる情報を浴びせかけ、あらゆる種類の議論をみせつけます。しかし、それらを真理の秤《はかり》にかけてみると、必ずしもすべてが重要なわけではありません。iPodやiPad、エックスボックスやプレイステーション。どれひとつとしてわたしは使い方を知りませんが、それらの出現によって情報は気晴らしとなり、娯楽となり、エンターテインメントの一種となっています。力を与えてくれるものでもなければ、わたしたちを解放してくれるものでもありません。そうした情報のあり方はあなたたちを圧迫しているばかりか、わたしたちの国や民主主義さえ、これまでになく圧迫しているのです。

卒業生のみなさん、われわれのこの時代は驚くべき変化の時代です。歴史を振り返っても、これほどの変化が起きた時代はほとんど見出すことができません。この変化を止めることはできませんが、良き方向へ導き、自分たちの思うように形作り、対応することはできます。それを可能にするのが教育です。これまでの卒業生たちにとってもそうであったように、教育はみなさんを強くし、この時代の試練に立ち向かうための力を与えてくれます〉

スピーチの直後から、早速ネット上では、「大統領は現状に疎《うと》いという嘲《あざけ》りの声がわき起こった」といいます。さもありなん、です。しかし、ここで問いかけられている問題の本質に異論を抱く人はほとんどいないはずです。ある精神科医の言葉も紹介されています。

〈有史以来、今日ほど、人の脳が多くの情報を処理しなければならない時代はなかった。現代人はあらゆる方角から飛びこんでくる情報の処理に忙しく、……考えたり感じたりする習性を失いつつある。現代人が触れる情報の多くは表面的なものばかりだ。人々は深い思考や感情を犠牲にしており、しだいに孤立して、他者とのつながりを失いつつある〉

著者がしばしば引用している本に、日本でも２０１０年に翻訳されたニコラス・カーの『ネット・バカ――インターネットがわたしたちの脳にしていること』（青土社）があります。ラッダイト（イギリス産業革命時に、機械打ち壊し運動を行った者たち。転じて技術革新嫌い）のような単純なテクノロジー批判ではなく、インターネットへの過度の依存がわれわれの脳にどういう影響を及ぼすのか、ということについて、さまざまな学問を総動員して検証を試みた本です。「ネット・バカ」とありますが、原題は『The Shallows（浅瀬）』であって、インターネットによって人が〝バカ〟になるのではなく、〝浅薄〟になる――物事について深く、概念的に、創造的に考えることができなくなる傾向に警告を発したものです。

最近、言語脳科学を専門とする酒井《さかい》邦嘉《くによし》さん（現・東京大学大学院総合文化研究科教授）の『脳を創る読書　なぜ「紙の本」が人にとって必要なのか』（実業之日本社）でもこの問題が同様に扱われていますが、ニコラス・カーの指摘で驚いたのは、ある単語ひとつをとっても、印刷された文字として読む場合と、コンピュータの画面上で読む時とでは、われわれの脳が受ける刺激はかなり違うということでした。

端的に言えば、印刷された文字はわれわれを〝注意散漫〟にすることはありません。むしろ「ひとつの静止した対象に持続的で途切れることのない」注意や思考を向けさせます。ところが、大量の情報や刺激が行きかうインターネットやコンピュータの画面上で文字を追っていると、その逆の方向――つまり「間断なく反射的に焦点を移すこと」に振れがちなのです。

〈一連の印刷されたページを読み進むことは、読者が作家の言葉から知識を得るために有益なだけでなく、作家の言葉が読者の心の中に知的な感動を引き起こすためにも有益だ。長時間にわたって一冊の本に熱中することで開かれる静かな場で、人々は自分自身の方法で物事を関連づけ、自分自身の方法で推理や類推をし、自分自身の考えをはぐくむ。本を深く読みながら、彼らは深く考えてもいるのだ〉

また、電子書籍と比較した際の「紙の本」の利点として、「何もしない」ことが挙げられています。すなわち、紙の本は「読書以外にすべきことは何も提供せず、目の前でページを開いて横たわり、わたしが目を落とすのを静かに待っている」と。

このように、読書をめぐるさまざまな知見が集められ、興味深い議論が展開されます。人間にとってそもそも、記憶とは、経験とは、時間とは、そしてアイデンティティとは何か……。

笑い話もあります。洪水のような情報に抗して、「内省や深い思索のための時間的・空間的聖域」を確保しなければ、という目的で、アメリカでは「テクノロジーの安息日」が提案されたというのです。2010年3月、「安息日マニフェスト」というグループが、「一週間に一度、パソコンのスイッチを切ろう」というマニフェスト10ヵ条を発表しました。そして、そのためのウェブサイトを立ち上げたというのです！

さて、著者が結論として選び取ったのは、実はこの安息日のアイディアと遠く隔たるものではありません。要は文明との付き合い方であり、時間の切り分け方です。どんなふうにテクノロジーを使いこなし、関わり合うのかということこちら側の主体性の問題なのです。そして読書は、現代がかつてない情報社会であるからこそ、われわれがあえて死守しなければならない〝戦略的行為〟だと位置づけられます。

〈最近、わたしはこれを静かな革命の試金石ととらえている。静かな革命とは、トマス・ペインの思想と同じくらい反逆的な思想だ。結局のところ、何かと注意が散漫になりがちなこの世界において、読書はひとつの抵抗の行為なのだ〉

そう、読書は私たちが人間らしさのバランスを失わないために、時代の喧騒《けんそう》からほんの少し身を退《ひ》くことによって、「世界そのものを取りもどし、他者の精神に映る自分の姿を発見する」ための静かな革命なのである、と。そして、本書は次の言葉で締めくくられます。

〈こんなふうに、読書はひとつの瞑想的行為となる。そこには瞑想に伴う困難と恩寵のすべてが含まれている。わたしは腰を下ろす。静けさを呼び入れようとする。以前よりもそれは難しくなっている。だが、それでもなお、わたしは本を読むのだ〉

（No.492　2012年5月10日配信）

インターネット新聞「ハフィントンポスト」の創設者であるアリアナ・ハフィントンさんも、毎晩デジタル・デトックスの時間を設け、「自分を再生する時間を大切にしている」と語る時代です。読書は「静かな革命の試金石」——「何かと注意が散漫になりがちなこの世界において、読書はひとつの抵抗の行為なのだ」と著者が結論づけるように、「デジタルエデンの園」のヘビの誘惑に屈服しない（ヘビを手なずける）バランス感覚が私たちには求められています。

傑作誕生の舞台裏

『〆切本』

（左右社）

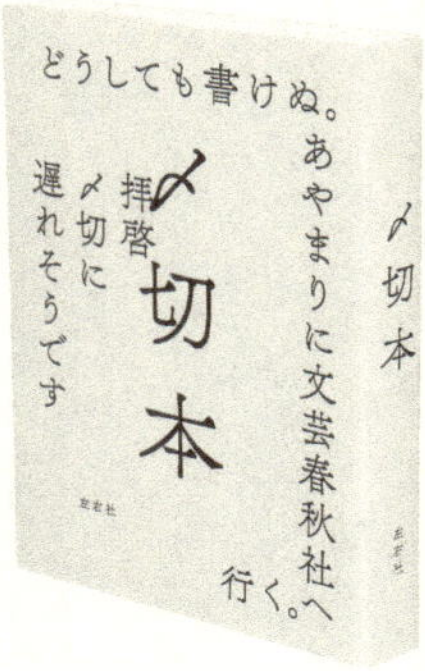

「この本、絶対に気に入ると思いますよ」と〝オススメ〟された1冊は、はたして後を引く味わいでした。題もズバリ、『〆切本』。

明治の夏目漱石《なつめそうせき》から、現代の村上春樹《むらかみはるき》にいたるまで、作家と呼ばれる人たちと「締切」なるものとの因果な関わりを、飾らず、衒《てら》わず、ありのままに綴《つづ》った総勢90人、94篇の、エッセイ、日記、手紙、対談、漫画、はては「謝罪文」までを集めたアンソロジーです。

表紙やカバー、見返しに抜き書きされた、書き手の呻《うめ》きとも自虐ともつかないような名セリフ。切羽詰まると、思わずこんな泣き言を言うか、というところに、「締切」の迫力——尋常ならざる凄《すご》みを感じます。

・「どうしても書けぬ。あやまりに文芸春秋社へ行く。」
・「ほんとに風邪ひいたんですか」「ほんとだよ」
・「用もないのに、ふと気が付くと便所の中へ這入っている。」
・「鉛筆を何本も削ってばかりいる」
・「今夜、やる。今夜こそやる。」
・「ああ、いやだ、いやだ。小説なんか書くのはいやだ。」
・「かんにんしてくれ給へ　どうしても書けないんだ」
・「私（作者）の頭脳は、完全にカラッポになってしまったのです。」
・「おたくのFAXこわれていませんか」
・「二十分とは根気が続かない」
・「不甲斐ないことに、いつまでたっても情熱が起こりません」
・「様子をみにきたのですよといはれてほろりとする」
・「やむにやまれずカンヅメされることを受諾。」
・「殺してください」

どれもが、編集者からすると、「あるある」と頷《うなず》きたくなる事例ばかりです。日頃から無関心ではいられないテーマだけに、すでに個人用フォルダーに蒐集《しゅうしゅう》していた文章もありました。しかし、初見の「逸品」も数多く、悲喜こもごもの物語と、その楽屋裏を想像するうちに、時間の経つのをすっかり忘れてしまいました。

「締切遅延組」の筆頭格で、数々の伝説を打ち立ててきた大物作家の言行録は、いつ読んでも滋味深く、切なさ、いとおしさがこみ上げます。さりとて律儀な「締切厳守組」が優等生でつまらない、といった評価も当てはまりません。締切という制約があってこそ知る、人間的な、あまりに人間的な作家の素顔に、得も言われぬ面白さがあるのです。どんな泣き言にも恨み節にも、思わず威儀を正して聞き入るのは、そこに真剣さがあるからです。

・「発想の最大原動力は原稿の締め切りである」（山田風太郎《やまだふうたろう》）

・「仕事はのばせばいくらでものびる。しかし、それでは、死という締切りまでにでき上る原稿はほとんどなくなってしまう」（外山滋比古《とやましげひこ》）

・「〈終わり〉が間近に迫っているという危機感が、知に、勇気ある飛躍を促し、ときに驚異的な洞察をもたらすのである」（大澤真幸《おおさわまさち》）

・「不自由な方が自由になれるのである」（米原万里《よねはらまり》）

それにしても、本書の編集にかけられた手間ひま、情熱は大したものです。一篇一篇の選定から、装幀《そうてい》、デザイン、用紙の使い分け、巻末の「著者紹介・出典」リストにいたるまで、気合のこもった本作りです。あだやおろそかにできない94篇であるだけに、取り扱う側にも相応の覚悟と礼節が必要だというわけです。

さて以前、私のささやかな体験を記したことがある野坂昭如《のさかあきゆき》さんや、「遅筆堂《ちひつどう》」こと井上《いのうえ》ひさしさん、戦後ジャーナリズムの興隆期に恐るべき数の連載小説をこなした梶山季之《かじやまとしゆき》さんなどは、当然のように登場しています。が、ここで異次元の存在として、改めて刮目《かつもく》したのは手塚治虫《てづかおさむ》さんでした。全文を紹介したくなる「編集者残酷物語」という一篇は、ただただ凄い！

『〆切本』

〈編集者仲間では、ぼくのことを陰で、手塚おそ虫（原稿がおくれる）とか、手塚うそ虫（締め切り通りに描きますと約束しては、ちっとも守らない）とか呼んだ。

本郷の旅館へカンヅメになったときなど、他社の編集者が、刑事の真似をしたことがある。その記者は、玄関で居留守を使われるのを警戒して、宿の番頭に「実は、お宅に、これこれこういう人相の男が泊まっているはずだが、それは実は指名手配中の男だから、こっそり覗かせてもらいたい」と言って、黒い手帳を見せた。旅館は大騒ぎになって、ぼくはとうとう指名手配の犯人にされてしまった。

ある日、ぼくの泊まりつけのホテルへ某社の記者がおどりこんできて、ものも言わずに、かたっぱしから部屋をあけて中を覗いて回った。もっとも、そのときは本当にぼくはいなかった。あとでぼくが泊ろうと思ってそのホテルへ行くと、フロントが烈火のごとく怒っていて、剣もほろろに、「手塚さんなら、お泊めできません！」と断わった。「手塚さんをお泊めすると、ほかのお客さん全部にご迷惑がかかります！」

また、ある記者は、東京駅までぼくを追跡し、大阪行き列車へぼくにつづいて飛びこんだが、懐中無一文だったので、車掌につるし上げられたそうだ。

編集者どうしの、ぼくをめぐっての喧嘩などザラで、みんな、手塚担当と聞くと、女房子供と水盃をして来るという噂が飛ぶくらい悪評が高かった〉

この文章が書かれたのは1969年（手塚さん40歳）頃のようですが、記者への詫《わ》び状、懺悔録《ざんげろく》というよりは、どことなく郷愁を帯びた懐旧談になっているところが、手塚治虫の手塚治虫たる所以《ゆえん》でしょう。現に、文章は次のように結ばれます。

〈二十年前の編集者は、どちらかというと飄逸《ひょういつ》たる文士風の人間が多く、それだけに個性も強くて、打てば響くような風格があった。その後、出版労組も確立し、出版社のカラーも画一化され、記者もサラリーマン化して、紳士だが、個性に乏しい人材が多くなったように感じるがどんなものだろう。作家は編集者によって瑠璃《るり》にも玉にもなるのであるから、それには強い個性の衝突がなければならないと思う。なにもそれは、締め切りで喧嘩しろというのではないが――〉

締切をはさんだ手塚さんと編集者の鬼気迫る制作現場のありさまは、『ブラック・ジャック創作秘話～手塚治虫の仕事場から～』（宮崎克原作、吉本浩二漫画、全5巻、秋田書店）を読むにしくはありません。子ども時代、毎回楽しみにしていた手塚作品が、どんな人たちの汗と涙と執念の結晶として届けられていたものだったか。雷に打たれたように驚き、感動しながら読んだものです。その中に、「編集の人から野放しにされたら、半分の作品も生まれなかったはず」という手塚さんの言葉も、たしかありました。

手塚さんとともに、子ども時代の思い出につながる『サザエさん』の長谷川町子《はせがわまちこ》さん、『まんが道』の藤子不二雄《ふじこふじお》Ⓐさんの〝締切奮戦記〟も漫画の形で入っています。思えば、最初に編集者という仕事の原イメージを与えられたのは、締切に追い立てられる漫画家の絵柄を通じてでした。

新聞社のオートバイが、原稿の受け取りにやってきます。あたふたしながらギリギリで、何とか原稿を手渡す長谷川町子さん（『サザエさんうちあけ話　新装版』）。藤子不二雄Ⓐさんのほうは、遅れている原稿を奪取するために、編集者（角野《かくの》記者）が応援部隊を含めた3名で「トキワ荘」の2階に乗りこんでくる場面です。泊まりがけ覚悟の決死の形相で迫ります。

「ほかの先生《せんせい》の原稿《げんこう》は全部《ぜんぶ》はいって　もう残《のこ》っているのはきみたちの分《ぶん》だけだよ」

「印刷所《いんさつじょ》の人《ひと》も徹夜《てつや》体勢《たいせい》で　きみたちの原稿《げんこう》がはいるのを待《ま》っているんだよ！」

「きみたちが原稿《げんこう》おくらしたことで　いかにいろんな人《ひと》に迷惑《めいわく》をかけたかよく考《かんが》えたまえ！」

「そう思《おも》ったらすこしでも早《はや》く原稿《げんこう》を仕上《しあ》げてくれたまえ！」

まだ駆け出しの「足塚茂道《あしづかしげみち》（藤子不二雄）」は、厳しい叱責《しっせき》を受けながら、最後の追い込み作業に取りかかります。丸3日ほど、すでにまったく寝ていない状態です。2人は互いに相手をペン先でつつきながら、襲ってくる睡魔を振り切って、朝方、ついに完成させます。

仕上がった作品を手にすると、「ぼくもいろいろいったけど　これも　きみたちにハッパをかけるつもりでいったことだから気《き》にするなよ！」と初めて笑顔を見せ、角野記者は引き上げていきます。２人はすぐに寝るのはもったいないと、トキワ荘のまわりを散歩します。冬の朝、締切を乗り切った解放感が、いつになく彼らを饒舌《じょうぜつ》にします……。

ストーリーも漫画のタッチも懐かしく、ふと急に、ある文章を思い出しました。


それは、『「漫画少年」物語――編集者・加藤謙一伝』（加藤丈夫、都市出版）に出てくる一節です。ただ、その文章を引く前に、「漫画少年」という雑誌について、少し説明する必要があるでしょう。

この雑誌は、戦後の混乱がまだ残る１９４７年12月20日に、学童社という小さな出版社から創刊されました。少年向けの漫画・読み物雑誌で、ここから手塚治虫をはじめ、寺田《てらだ》ヒロオ、藤子不二雄、赤塚《あかつか》不二夫《ふじお》、石ノ森《いしのもり》章太郎《しょうたろう》、永田《ながた》竹丸《たけまる》、松本《まつもと》零士《れいじ》といった戦後を代表する漫画家たちが次々と生まれ育っていきます。後の漫画ブームの母体となった伝説の雑誌です。

しかしその後、他の少年雑誌の豪華別冊付録攻勢などに押され、１９５５年秋に、廃刊となります。8年という短命の雑誌でした。その版元の学童社がまだ隆盛であった1950年、大阪から上京してきた22歳の青年が、たまたまある用事で訪ねてきます。

〈暗い夜だった。本郷に近い坂の上に、ガタガタのしもた屋が建っていた。それが学童社だった。入口には本が山積みされ、黒くすすけた階段が右手にあり、奥は座敷を改造して編集部に使っていた。

加藤謙一氏が現われた。ぼくは、この人が往年の「少年倶楽部《くらぶ》」の名編集長であるなどということはこれっぱかりも知らなかった。

「やあ、手塚さんか。あなたの名前は知ってました。というのは、大阪方面の読者の手紙の中にときどき『手塚』という名が出てくるのです。

ところが、私は手塚という人は知らない。いろいろ訊くと大阪の学生だという。住所もわからないので、そのままになっていたのだが……そうですか、よく来てくれました」〉

(手塚治虫『ぼくはマンガ家』立東舎文庫)

25年後の1975年6月30日、この元「漫画少年」編集長の加藤謙一《かとうけんいち》氏の訃報《ふほう》を聞くや、病院に駆けつけ遺体に取りすがって号泣したという手塚治虫さんが、初対面の場面を回想した文章です。「いまどんな仕事をしていますか？」と問われるままに、手塚さんは鞄《かばん》から、持ち合わせていた「ジャングル大帝」の粗原稿を取り出します。すると、それを「鷹のような目」で読んだ加藤さんが、「これをうちに連載しませんか？」と即座に持ちかけます。

〈「でも、これはこんな長編ですし……」と尻込みする手塚に、謙一は「いま『漫画少年』もユニークな新人を探していたところなのです。必要ならページも充分に割きますから長期連載のつもりで取り組んで下さい」と決めつけるように言った。……

その夜、謙一は家族たちに「素晴らしい新人に出会った。きっと手塚さんはこれからの日本の少年漫画を変える人になるよ」と嬉しそうに話した〉（加藤丈夫、前掲書）

連載は1950年11月号から始まり、1954年4月号まで続きます。手塚青年は、またたく間に少年漫画界の大スターとなり、雑誌の連載をいくつも抱えて、超多忙の日々を送ります。

〈加藤氏の手紙は、いつも巻紙に達筆で懇切丁寧に書かれてあり、それがぼくにとって肉親以上の励ましのことばになるのだった。

それ以来、学童社がなくなるまで、ぼくは上京のたびごとに、学童社がねぐらのようになってしまった。ボストンバッグを下げて東京駅からまず直行するのはここで、加藤氏の姿がそこに見えないと心が安まらなかった。親のように甘えた気分になり、いろいろわがまま放題に振舞った。なにより原稿の締め切りが守れず、発売日からたった一週間前になって、平身低頭して詫《わ》びながら、学童社の机で青くなって原稿を仕上げるのだが、とうとう発売日が遅れてしまったことなど、何度もあった〉（手塚治虫、前掲書）

やがて1953年に、加藤家の次男が住んでいた豊島区椎名町《としまくしいなまち》5丁目の木造モルタル2階建てのアパートに、手塚さんが移り住みます。すると、「漫画少年」の投稿漫画の常連たち——先に名前を挙げた若い漫画家志望者らが、次々に1人、2人と入居し始めます。〝漫画家の梁山泊〟〝漫画家たちがマンガのような生活をしていたアパート〟として後に名をはせる「トキワ荘」伝説の幕開きです。

……といった調子で書いていくと、まだまだ面白い話は尽きないのですが、少し先を急ぎましょう。

先に、締切となると殺気立った各社の編集者に追い回され、時として雲隠れしたという手塚さんの「編集者残酷物語」を紹介しました。売れっ子になった手塚さんの身柄を、文字通り、編集者が力ずくで奪い合う熾烈《しれつ》な競争が繰り広げられるようになりました。そんな様子を心配したのが、加藤さんです。

〈その頃、手塚が締め切りに追われて原稿をなぐり書きのように描いているのを見ていた謙一は、やりきれないといった表情で「手塚さん、どんなことを描いてもいいけれど、子どもだけは裏切りなさんなよ。子どもを裏切るようじゃ漫画を描くのはやめた方がいい」と言った。

手塚は「加藤さんのこの一言はこたえた。それからのボクはどんなに忙しくても、原稿一つひとつに精一杯心を込めて描くことに決めた」と言い、さらに「この人に偶然会えたことは、ボクにとってよき父、よき指導者、よき理解者のすべてを得たようなものだった。仕事上の忠告や示唆だけではなく、人生観や哲学までボクに影響を与えてくれた」と語った〉（加藤丈夫、前掲書）

「子どもだけは裏切りなさんなよ」と諭した加藤さんは、「漫画少年」創刊号に次のような辞を掲げた人でした。

〈漫画は子供の心を明るくする
漫画は子供の心を楽しくする
だから子供は何より漫画が好きだ
「漫画少年」は、
子供の心を明るく楽しくする本である〉（同）

この精神は、戦前の加藤氏の歩みの上にありました。氏は１８９６年、青森県弘前市《ひろさきし》生まれ。郷里で代用教員の職にありましたが、日本中の子どもに向けた雑誌を作りたい、という大志を抱き、１９１８年、22歳の時に上京します。そして3年後、講談社に入社し、ほどなく「少年倶楽部」編集長に抜擢《ばってき》されます。創業からまだ10年、講談社初代社長、野間清治《のませいじ》氏の大英断でした。

ここからの加藤氏の活躍は目覚ましく、就任時に6万部だった「少年倶楽部」は、11年後に氏が編集長を退く時点で65万部に達します。躍進の理由はいろいろありますが、語り継がれているひとつに、加藤編集長が読者との交流を何よりも大切にしていたことが挙げられます。編集部員は、毎朝出社すると、めいめいのデスクに配られた読者からの便りをまず読みます。読者との朝の交流、それを〝朝礼〟と呼びました。編集部に届くたくさんの手紙を、部員たちは手分けして読み、返事を書き、情報として共有すべきものは披露し合ったというのです。

当時、「少年倶楽部」の発売日は毎月10日でした。その日の「出た！　少年倶楽部」という宣伝文句に、全国の少年たちは胸を躍らせました。

「地方に住む読者たちは、発行日の前日に夜汽車で運ばれてくる『少年倶楽部』を待ちきれずに駅まで出かけ、受け取りにきた本屋の店員と一緒になって荷下ろしから梱包をひらく作業を手伝った」(同)といわれます。

その興奮した様子を伝える投稿があります。先に「ふと思い出した」と書いたのは、実はこの投稿の文章です。少し長くなりますが、そのまま引用します。

〈――私は奥の勉強部屋で、苦手の算術の教科書をひらいて今日学校で教わった分数の計算をやっています。はたから見ればわき目もふらず勉強しているように見えますが、実は「心ここにあらず」なのです。

さっきから時計ばかりを気にしています。私と向き合って勉強している兄は、ついに顔をあげて「何をそんなにそわそわしているんだ。うるさいぞ。落ちつかないやつだなあ……」と言いかけて、はっと気がつき、「そうか、あした発売か――おまえ行くのか」とニヤリとして言いました。

あした発売というのは、今晩の八時ごろ町につく汽車で、「少年倶楽部」の二月号が遠い東京から運ばれてくるのです。

時計はちょうど九時です。「行ってくんぞ」と兄にいって部屋を出ようとしたとき、となりの部屋で編み物をしていた母の「外はすごく降っているよ。明日でも『少年倶楽部』は逃げやしませんよ」という声がきこえました。しかし、私はもうマントをひっかけ一寸先も見えないほど降りかかってくる雪の中に飛び出していました。

十五分も走って本屋さんについたら、ちょうど店員さんが縄でしばった紙包みを店の中に運び込み、バリバリとあけはじめるところでした。

やがて中から誰の手にもふれていない新刊の「少年倶楽部」がインクの匂いとともに顔をのぞかせました。

「ほれ、第一号だ」店員さんが私に付録と一緒に一冊わたします。ずしりとした重み、それを受け取ったときのワクワクした気持ちは何ともいえません。

「つけといてね」と一声かけて、私は雪の中をかけもどります。今晩読むのは「のらくろ」と他の漫画だけ。

あとはもったいなくて、もったいなくて――〉（同）

当時の人気漫画は田河水泡《たがわすいほう》の「のらくろ」でした。ワクワクしながら雑誌のページを広げている、雪国のこの少年のイメージは、後に『まんが道』で描かれる藤子不二雄の2人の姿にダブります。戦後間もなく、北陸・富山の小都市で手塚治虫の『新宝島』に胸を躍らせ、「漫画少年」にせっせと投稿原稿を送っていた少年たちです。

〈思えば、あの頃ほど純粋に漫画を描いたことはない。毎月、『漫画少年』を開くたびに感じる不安と期待。自分の漫画と名前が大きく、目に入った時の恍惚《こうこつ》、そして、一番小さな活字にもなっていなかった時の落胆。

だが、あの頃の僕らには明日があった。落胆しても、ようし今度こそ！　と一層はりきる元気と可能性があったのだ〉（藤子不二雄『二人で少年漫画ばかり描いてきた』文春文庫）

先述のとおり、編集者3人に決死の形相で「トキワ荘」に乗りこまれ、必死で描き上げた作品を、ようやく待ち受けていた編集者に手渡すと、「足塚茂道（藤子不二雄）」の2人は散歩に出ました。徹夜明けの朝の住宅街を歩いている時も、彼らが輝くような表情で語るのは、少年時代からの夢——面白い漫画を生み出すことへの変わらない情熱と希望です。

「発想の最大原動力は原稿の締め切りである」と山田風太郎さんは語っていますが、藤子不二雄の2人にとっては、「発想の最大原動力はかつての自分たちである」といったほうがよいかもしれません。自分たちの描いた漫画を楽しみにして、遠い東京から夜汽車で運ばれてくる雑誌を待ち受けている子どもたちの顔が、この時も彼らの目にははっきり見えていたと思うのです。

さて、冷や汗もので締切の難関を乗り切り、読者に対する義務をひとまず果たし終えたのが『まんが道』の2人だとすれば、そうでない人たちの文章が、『〆切本』の掉尾《ちょうび》を飾ります。およそこの本以外ではあり得ない並びの、谷崎潤一郎《たにざきじゅんいちろう》と柴田《しばた》錬三郎《れんざぶろう》の両氏です。ともに揃って、読者に対するお詫びの文章です。

「『文章読本』発売遅延に就いて」――この本の大トリを務めるのが、谷崎潤一郎です。「昭和九年九月」の日付がある文章で、「中央公論」10月号「秋季特輯《とくしゆう》号」（同年10月1日発行）に掲載されました。

谷崎の貫禄《かんろく》というか、それ自体が実に格調高い一文で、「かねて中央公論社から予告のありました文章読本の発売が、私の事情のために遅れ、読者にも、出版者にも、書店にも、迷惑を懸けてをりますことを深く遺憾に存じます」に始まり、「以上、中央公論社に代り、作者としてお詫びを申し述べます」と結ばれています。

この本がもともと中央公論社から出ることになったいきさつ自体が、「文豪の我儘《わがまま》」からでした（＊）。前月の「中央公論」9月号には「お待ち兼ねの名著愈々《いよいよ》九月三日発売」の広告も掲載されていたのです。

作家が経緯を説明しています。いわく、原稿そのものは8月上旬に脱稿し、中央公論社ではそれをすぐに印刷所に回し、8月半ばには校正作業を終えて、速やかに著者の手許《てもと》に届けていた。ところが、目を通してみると「内容に不満を覚ゆるところ尠《すく》なからず、而《しか》も全国からの註文が未曾有と云ふ報告を聞きましては、益々責任の重大さを感じ」、できるだけ完璧《かんぺき》を期すべく、全文にわたっての改訂を思い立った、とあります。

しかしながら、すぐに取りかかれない事情もあり、ついに発売日を遅らせる結果になってしまったが、10月上旬には自分の手を離れるようにし、「遅くも十月下旬には皆様の御清鑑を仰ぎ得ることを期してをります」と。

刊行されたのは、結局11月5日でした。とはいえ、大作家自らが筆を執った「発売遅延の告知」には有無を言わせぬ力があります。大谷崎でなければあり得ず、大谷崎であればこそ意味を持つ（さらにいえば宣伝効果が大いに期待できる）文章なのです。

かたや柴田錬三郎氏のほうは、「週刊プレイボーイ」の連載小説「うろつき夜太」第22回で発生した「事件」です。連載は1973年の同誌no.1からno.50まで続きました。連載期間のほぼ半ばに起こった出来事です。かつて「週刊新潮」連載の眠狂四郎《ねむりきょうしろう》シリーズで剣豪小説の一大ブームを巻き起こした人気作家が、「作者おことわり」の文章を綴ります。

〈読者諸君！

実は、まことに申しわけないことながら、ここまで――第一章を書きおわったところで、私（作者）の頭脳は、完全にカラッポになってしまったのです。

二十余年間の作家生活で、こういう具合に、大きな壁にぶっつかり、脳裡が痴呆のごとくなって、どんなにのたうっても、全くなんのイマジネーションも生れて来ないことは、これまで、無数にありました。そうした場合、ペンを投げすてて、銀座へ出かけて、酒場で無駄な時間（本当は無駄ではないのですが）をつぶしたり、ゴルフへ出かけたり、ホテルを転々として、気分を変えて、なんとか、締切ギリギリで、原稿を間に合せていたのですが、こんどばかりは、ニッチもサッチもいかなくなり、ついに、こんなぶざまな弁解をしなくてはならなくなったのです。

この『うろつき夜太』は、私と横尾忠則氏と、二人が、本誌編集部によって、私の家のごく近くにある高輪プリンス・ホテルに、とじこめられて書きつづけているのです〉

いまのご時世では考えられないような、至れり尽くせりの執筆環境が整えられています。カラーグラビア6ページの連載のために、ホテルの2部屋を借り切って、2人の作家を1年間まるごとカンヅメにしていたというのです。

〈このホテルは、外国の観光客があふれ、結婚式が一日に五組も六組も行われて居ります。それらの人々は、みな、はればれとした顔つきをして居ります。……広いホテル内で、陰鬱な表情をしているのは、たった二人だけ——柴田錬三郎と横尾忠則だけです〉

自分たちは幽閉された囚人であるばかりか、締切という絶対に逃れられない縛りをかけられ、「七転八倒、地獄の苦しみ」にさいなまれていると、締切の責め苦を訴えます。延々と「書けない」ことの弁明が述べられます。

〈「助けてくれ！」

誰かに向って、絶叫したい絶望状態に襲われてしまった。

この生地獄《いきじごく》から、どう這い出せるか、目下、見当もつかない。

おそらく、諸君には、そういう経験は、ありますまい。……

弱った！

どたん場で、ついに、死んだ方がましなような悲惨な気持で、弁解しているのです。

こういう弁解を書いた原稿を、横尾忠則氏に渡すと、どんなさし絵が描かれるか、私には、見当もつかない。

二十余年の作家生活で、はじめてのことだと、受けとって頂きたい。……

どう絶叫して救いを乞おうと、週刊誌は、待ってはくれぬ。

そこで、やむを得ず、こんなみじめな弁解を書いているのです。

これは、決して、読者諸君を、からかったり、ひっかけたりしている次第ではありません。……

あと一時間で、「プレイボーイ」誌の編集者が、原稿を受けとりにやって来るが、私は、白紙を渡すわけには、いかない。

黙って、悠々として、さらさらと書きあげたふりをして、部屋へ置きのこしておいて、私は、ロビイへ降り、ティ・ルームで、ブルーマウンテンでも飲むことにする。

編集者は、急ぎの原稿を受けとると、その場で、読まずに、一目散に、印刷所へ駆けつけて行く習慣があることを、私は知っているからです。

「ああ、脱稿したよ」

「そうですか。間に合ってよかった！」

それだけの会話で、彼は、印刷所へ車を突っ走らせるでしょう。印刷所で、読んでみて、愕然となるかも知れぬ。

しかし、もう、書きなおしの時間はない。

こっちは、ひと仕事すませたゆったりとした態度で、ブルーマウンテンの味でも、あじわって居ればいい。

まことに、申しわけないが、いまは、この非常手段しかないのです。

読者諸君！

私は、諸君をバカにしているのではないのですよ。

こういうことは、二十年に一度の非常手段です。

何卒、お許し頂きたい。

私は、天才ではなく、諸君と同じ凡夫なのだから、心の中では、平身低頭して居ります。

横尾忠則氏が、さて、どんなさし絵にしてくれるか、いまは、神のみぞ知る。アーメン！〉

現編集部の協力を得、「週刊プレイボーイ」の当時の誌面を拝見しました。横尾《よこお》さんの挿絵が、ありました！　柴錬さんがブルーマウンテンを味わっています。素晴らしい〝合作〟です。横尾さんのほうは、このカンヅメ生活をどう思っていたのでしょう。最近のエッセイの中で、こんな文章を見つけました。

〈七〇年代のぼくは何を考えていたのだろうかと時々考えることがあります。この時代のぼくの作品の大半がポスターと版画と本の装幀だったと思います。六〇年代の演劇関係の仕事からは完全に離れ、寺山修司や唐十郎、土方巽らとの交流もなく、もっぱら独りで思索することが多く、仕事の依頼も宗教的なものや、ロックや時には精神世界的なテーマのものが多くなってきました。この頃、……ぼくは柴田錬三郎の連載時代小説「うろつき夜太」（『週刊プレイボーイ』）の挿絵とレイアウトを柴錬さんと高輪プリンスホテルに一年間カンヅメになって制作しました。朝食から夕食までほとんど柴錬さんと時間を共有し、柴錬さんの六〇年近い波乱に満ちた人生の全貌を聞き出すことに成功しました。寡黙な作家として通っている柴錬さんの重い口を開かせたのは、きっとぼくの好奇心がそうさせたのかも知れません。祖父に育てられた幼年時代、戦争体験、作家志望と作家になってからの時代、文壇の交遊関係、女やバクチの話、ゴルフの話、中国の歴史と文学などなど今から想えばテープで記録しておけばよかったと思われるような貴重な内容ばかりです。こんな柴錬さんとの蜜月期間にも関らず柴錬さんの本は一冊も読んでいませんでした〉（横尾忠則『言葉を離れる』青土社）

出版界のよき時代。両巨匠を起用した剛毅《ごうき》な企画であったと感嘆する他ありません。

ところがどっこい、最近でも、「すごい」締切破りの例がありました。２０１６年４月15日発行の１冊です。なにしろ「まえがき」が「お詫び」になっていて、奥付の発行日のところには発売遅延を示す訂正シールが貼られています。それがご丁寧にも、ピンクの蛍光カラーのコート紙で、その上に小さく「やっちまいました」の文字が――。

11年越しで刊行されたブック・デザイナー祖父江慎《そぶえしん》さんと彼が率いるコズフィッシュの作品集です。11年前（２００５年11月）の展覧会直後に、過去の仕事の集大成を出版すると発表し、出版記念イベントまで組まれていたのです。

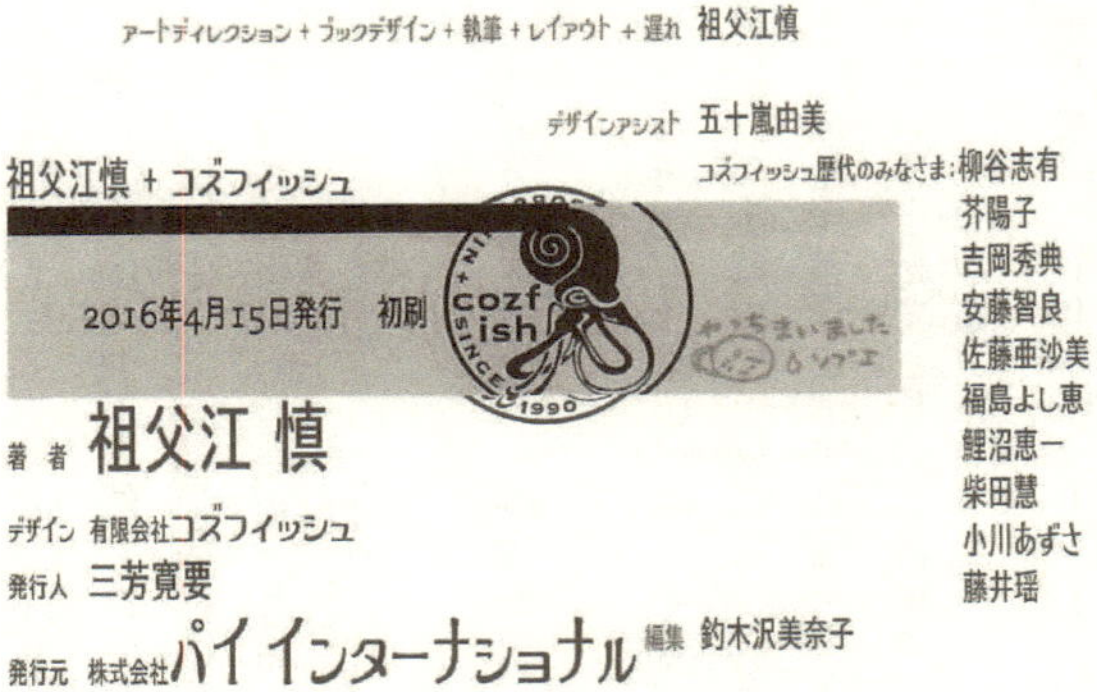
アートディレクション＋ブックデザイン＋執筆＋レイアウト＋遅れ 祖父江慎
デザインアシスト 五十嵐由美
コズフィッシュ歴代のみなさま：柳谷志有
芥陽子
吉岡秀典
安藤智良
佐藤亜沙美
福島よし恵
鯉沼恵一
柴田慧
小川あずさ
藤井瑶
祖父江慎＋コズフィッシュ
2016年4月15日発行 初刷
cozf ish
やっちまいました
著者 祖父江 慎
デザイン 有限会社コズフィッシュ
発行人 三芳寛要
発行元 株式会社パイ インターナショナル 編集 釣木沢美奈子

〈イベントが始まる前に主催者の方に「出版記念なのに本が間にあわなかったときって、いつもどうしてますか？」と尋ねると、「そんなことは過去に一度もございません」との返事。……困りました。

そんな困ったことになってしまった本というのが、実は今読んでいただいているこの本です〉（「お詫び」と題する「まえがき」、『祖父江慎＋コズフィッシュ』パイインターナショナル）

遅れついでに「じっくり腰をすえて作り直し始め」たのはいいけれど、そうこうするうち「過去の仕事」がどんどん増えて、その数およそ1000冊！ 網羅しようとすれば切りがなく、2006年以降の出版物については巻末に「全ブックリスト」としてデータを記載するにとどめました、と。

〈そのため「祖父江慎＋コズフィッシュ」は〈全仕事〉のつもりでスタートしたにもかかわらず、〈前－仕事〉みたいになっちゃいました。いろいろな意味を込めて、ごめんね！そして、さあ、お待たせしました!!〉（同）

仰天するような傑作は、まだまだ他にもあるのでしょう。『〆切本』は後を引く味わいだと最初に記しましたが、私自身、まさかこのテーマで3回もメールマガジンを書くとは思いもしませんでした（本書では一つにまとめました）。げに、締切のドラマは奥が深い！

＊「文豪の我儘」については、いま刊行中の『谷崎潤一郎全集』（中央公論新社）第18巻所収「文章読本」の「解題」Ｐ５５３～Ｐ５５４に詳しく書かれています。

（No.６９１～６９３　２０１６年9月22日、9月29日、10月6日配信）

そんな気はさらさらなかったのに、3週連続で本書を取り上げることになりました。それというのも、週に1回のメルマガを、実に6年9ヵ月、317回も書き続けられたのは、締切があったればこそ、だからです。「締切さん、背中を押してくれてありがとう！」と感謝したい気持ちでいっぱいなのです。「本書は仕事や人生で〆切とこれから上手に付き合っていくための〝しめきり参考書〟でもあります」（はじめに）に心底ナットクしています。

宇宙の微塵となりて

『「本屋」は死なない』

石橋毅史
（新潮社）

著者は2011年現在、41歳。出版業界紙「新文化」の編集長を4年間務め、2009年いっぱいで退職しました。フリーの出版ジャーナリストになって最初の著作だといえば、おそらく誰しもが、これまでのキャリアを活《い》かした〝卒業論文〟的な業界本を想像すると思います。ところが、実際は大いに違っていました。長年親しんだ書店の世界をテーマにしながら、あえて業界本にしなかったところに本書の個性、著者の意地が感じられます。状況論のような大上段に構えた議論を避け、ナイーブで愚直な、だからこそ真剣な問いかけが繰り返されます。

昔であれば、武術の達人や学問上の師を求めて、諸国を遊歴するような物語です。自ら車のハンドルを握り、あえて目的を限定しないまま、これはと思う人のもとを訪ねます。ジュンク堂書店（大阪）の福嶋聡《ふくしまあきら》さん、イハラ・ハートショップ（和歌山）の井原万見子《いはらまみこ》さん、元さわや書店（岩手）の伊藤清彦《いとうきよひこ》さん、定有堂書店（鳥取）の奈良敏行《ならとしゆき》さん、ちくさ正文館書店（愛知）の古田一晴《ふるたかずはる》さんなど、書店業界ではいずれも名前の知れた人たちです。著者にとって旧知の人もいれば、そうでない人もいます。会いに行く唯一の理由は、彼らが「本屋」だからです。ここでいう「本屋」とはいわゆる書店ではありません。客観的に見れば将来性は乏しいと言うしかないこの業界にあって、少しでも良い形で「本」を読者に届けられないかと「未来」を模索している書店人のことです。

著者はためらいがちに電話をかけてアポを取り、車を走らせます。途中、気がつけばあちこちの書店を覗《のぞ》き、呼吸を整えながら目的地へと向かいます。お目当ての人と会えば、その空間に身を溶け込ませるようにしながら、気の済むまで、事情の許すかぎり留《とど》まります。1泊の予定が2泊になることも辞しません。迎える側も快く受け入れている気配です。著者の真摯《しんし》な問いかけに何かを感じるからこそでしょう。

延泊の効用は思いがけない形でも現われます。翌日、訪ねてみると本屋の表情が変わっていることに気がつきます。表紙を見せて並んでいる本が、昨日とは違っている！「飽きられてはいけない……情熱ある本屋の棚は、日々流れている」――それを目の当たりにすることができます。また、客が多い日もあれば、少ない日もある。そうした店頭での体感が、業界紙の記者時代には得られなかった収穫として受け止められます。

ストーリーの主軸となっているのは、大手書店の店員を辞め、東京・雑司《ぞうし》が谷《や》に売場面積5坪の本屋「ひぐらし文庫」を開業した原田真弓《はらだまゆみ》さんの話です。2010年1月ですから、著者がフリーになったのと、たまたま時を同じくしたスタートです。有能で熱心な〝カリスマ書店員〟と見なされていた彼女が、約16年間勤めた会社を退職し、その後再就職した出版社も1年足らずで辞め、あえて自分の本屋を開業したのは「なぜ?」――こう問われた原田さんが、少し沈黙した後に、答えます。

〈ささやかな退職金ではじめられる本屋があったっていいんじゃないかなって思ったんですよ。……ずっと本屋をやっていきたい人っているし、そういう人が始める本屋がもし全国に千店できたら、世の中変わる、けっこう面白いじゃん、と思って。私がそんなネットワークを作れるわけじゃないけど、でも自分がやってみないと始まらないから〉

「そういう人が始める本屋がもし全国に千店できたら」――この言葉が著者を打ちます。後ろ向きの懐古趣味ではなく、未来につながることを予感しながら、行動を起こした原田さん。

業界の厳しい状況など百も承知の上です。いったい何が彼女を駆り立てたのか？　決断に不意をつかれた著者ですが、実はこれまで「ある種の書店員や書店主と接するたびに感じてきた」謎でした。いったい何が彼らを「本屋」にしているのか？　なぜ彼らは自分の思うかたちで「本」を人に手渡す役割を担いたいと考えているのか？　もしかすると本人すら意識しない何かに衝《つ》き動かされているのではないか？　とすれば、その根源的な欲望とは何なのだろうか？

それをより明確に意識化したい、という旅が、こうして始まります。それはまた、なぜ自分はそういう人たちに肩入れせずにはいられないのかを確認する旅でもあります。行く先々で会う人たちからは、表情に富んだ、生き生きとした言葉が返ってきます。

〈せっかく千四百坪という大きな店を任せていただいてるんで、そのなかのごくごく一部を使って、月に一冊でいいから、自分が読んで面白かった本を薦めたい。「店長本気のイチ押し」という常設コーナーを作ったんですが、これがなかなか売れない（笑）。もう、ホントに売れないです。痛感しました。でも、続けないといけない。……

自分はこれがいいと思うと言い続け、いつか誰かに伝わることもある。書店というのはそういう場でありたい、といつも感じています〉（ジュンク堂書店・福嶋聡さん）

食料品店もなくなってしまった和歌山県の過疎の村で、「読み聞かせ」をこつこつと続けながら小さな本屋を維持している井原万見子さん。店内に入ると「入口から見て左半分が本、右半分が食料品や生活用品」で、「本売場のほうがスペースは大きいが、最初に目についたのは、本よりも数種類のカップラーメンの丸いフタ」でした。


〈ひとつひとつ石を積むような、ささやかで根気のいる毎日――。

井原万見子が繰り返し語っていたのは「自分のやっていることは商売なのか、地域のためのボランティアなのか」というものだった。井原は店を商売として成立させなくてはならないが、地域の人びとは井原をそういう存在と見ていないときがある。……

本屋は商売か？

ある人は、当たり前だと答えるだろう。井原も、問われればそう返すかもしれない。だが、商売の一言で片づけることはどうしても妥当ではない。僕が改めてそう思うのは、それこそ井原の読み聞かせを目の当たりにしたからだ。

本屋は、ただの商売だろうか？

本の周辺には、そう捉えると収まりのつかないことが多いのではないか？〉

盛岡市の「さわや」の名を天下に轟《とどろ》かせた伊藤清彦さん。28歳で東京の山下書店に勤め始めた時、「通勤時間の往復で一日二冊読もうと決意し、わざわざ遠隔地に居を構え、各駅停車で職場に通った」（佐野眞一『だれが「本」を殺すのか』新潮文庫）というような、数々の伝説に彩られたこの書店人が、2008年10月、突然「両親の介護」を理由に、転職先のさわや書店を退職します。新刊書店の「最大のヒーロー」と崇《あが》めていた人物を、その「隠遁《いんとん》生活」の場に訪ねます。

いずれも興味深い対話が続きます。しかし、おそらくこの本のピークをなすと思われるのは、鳥取市で定有堂書店を営む奈良敏行さんとの出会いです。話を聞かせてほしい、と電話をした時、「あなたの思う本屋の未来って、どういうものですか？」と静かに尋ねられ、うまく答えられないでいると、「つまりそれは、人だ、ということですよね？」「本屋の、あるかもしれない未来をもう一度つくるのは、人間ひとりひとり」だということですね、と。

1996年、鳥取県大山《だいせん》町で出版業界人の勉強会「本の学校——大山緑陰シンポジウム」が開かれた時、奈良さんと恭文堂書店（東京・目黒区）の田中淳一郎《たなかじゅんいちろう》さんは、「街の書店は今」という分科会でパネリストを務めます。この時、それを聞くために、休暇をとって東京から参加した若い書店員は、「本屋には青空がある」という奈良さんのひと言に感銘を受けました。次のような言葉です。

「書店という空間は、現実としては閉鎖的な器である。壁際が書棚に埋め尽くされているので、窓も少ない。しかし、一冊の書物に出会った瞬間、読者の意識や観念は拡大し、精神は大空へと飛翔する。人生観や心の希求するものが限りなく浮遊していく。本屋という仕事も、日ごろは地を這うような地道な作業の繰り返しだが、書物を扱っていると、不思議な精神の拡張感がある」（安藤哲也『本屋はサイコー！』新潮ＯＨ！文庫）

その時の若い書店員、安藤哲也《あんどうてつや》さんが新店舗の立ち上げを決意したのは、この言葉が引き金となりました。店名も奈良さんの発言をヒントに「往来堂書店」（東京・千駄木《せんだぎ》）と名づけました。往来堂の、その後の目覚ましい物語はさておき、今回も奈良さんのひと言ひと言が著者の心に浸透していきます。「奈良の話を、僕は空気を吸うように聞く。優しく平易な言葉に、含意がある。いつまで話しても頭は疲れず、むしろ軽くなってゆくのが不思議だった」。

〈本屋というのは、〝小さな声〟の世界ですよね。そもそも本が、〝大きな声〟を信用しな

い世界というのかな〉
〈本屋は外商から始まる、と私は思っていました。まずはあの人がほしいと思っている本、思っていそうな本を、届ける。本屋の役割はそこから始まるんだと解釈していました〉
〈どの本を何冊売ったところで、その一人ひとりが受け取った一冊のほうが、ずっと重いですよね〉

〈本屋をやりたい。その欲望はいったい何だろうと思うんですね。……
私の場合は、コミュニケーションです。
人と出会える、ということですね。人と出会えるなんて、そんなのどこでも会えるよという感じですけど、私は、すごく人見知りなんです。ふだん、知らない人を前にするとなかなか口をきけない。でも、今は喋れるんですね。なぜかというと、本屋をしていれば本を間において人と接するから〉
〈やっぱり本屋というのは身の丈の仕事なんだ、ということでしょうか。私の場合は店があって棚があって、そこでお客さんと向き合うくらいのことしかできない。でも、それがいいんですよ。本質は照れ屋、身の丈でやる、というのが私の思う本屋です〉

〈本屋は、もともとはミッションがあった。ミッションを持たざるを得なかったというのかな。お客さんの、本に対する個別の要求に応えていく。頼まれたらどんな本でも手に入れなきゃいけないし、本のことを聞かれてわからないというのは基本的に恥ずかしいことだったから、よく勉強しなくちゃいけなかった。それは、地域に対してミッションを負っているからなんですね〉

とうとう3泊してしまった訪問者に辛抱強く付き合いながら、奈良さんが語りかけた言葉は著者の頭をますます軽くしていきます。同時に「本」を手渡す「本屋」の役割について、より確信を深める導きとなります。

この旅を続ける著者の中には、おそらくふたりの人物のことがいつも意識されていたはずです。ひとりは、言うまでもなく「ひぐらし文庫」を始めた原田真弓さんです。「情熱を捨てられずに始める小さな本屋が全国に千店できたら」と言っていた彼女が、その後、試行錯誤している様子を間近に見ながら、ともに答えを探し続けます。彼女の話をじっくりと聞き、疑問は疑問としてぶつけながら見守ること。それはいまなお継続中です。

もうひとりは、ここには直接登場していませんが、著者が編集長時代に連載を企画し、それを直接担当し、さらには単行本化をプロデュースした『傷だらけの店長』（伊達雅彦、PARCO出版）の匿名の店長です。いまの書店での「葛藤、苦悩、鬱屈、ささやかな喜びにまみれた日々と、やがて書店の現場を去ってゆくまでを綴った」その本については、このメールマガジンでも前に紹介したことがあります。おそらく現在の書店のあり方に対して誰よりも悩み、「傷だらけ」になり、いったん退却の道を選ぶしかなかったその彼に対して、自分はどういう答えを用意することができるのか、という思いが著者にはたえずあったに違いありません。

現実の書店は厳しい環境下に置かれています。デジタル文明の波にもまれ、売上の減少と業務の肥大を抱えながら、ストレスの多い毎日が繰り返されます。まさに『傷だらけの店長』の世界です。それでも志を捨てることなく、現場で頑張っている書店員、書店主がいて、それは決してひと握りの存在ではなく、まだまだ世の中にはこういう人たちがたくさんいるに違いない――この楽観主義と信念が、全篇を貫く著者の歌として聞こえてきます。

低くささやくように歌い始められ、ついに最後まで朗々と歌われることはありませんが、その主旋律はしっかりと伝わってきます。それは広く「本」を愛する人たちに向けられたものです。と同時に、現実に抗《あらが》いながら、意思ある手で「本」を人に手渡そうとしている人たち、それぞれの持ち場を守っている書店人に対しての敬愛と応援のエールです。

そこにこめられた夢は、元さわや書店の伊藤清彦さんが大切にしている、宮沢賢治《みやざわけんじ》の言葉を想起させます。

〈まづもろともにかがやく宇宙の微塵となりて無方の空にちらばらう〉

（No.469　2011年11月24日配信）

出版業界紙「新文化」の記者として、著者を知りました。ある会合の後、登壇者の発言内容について、ハッとするような辛辣（しんらつ）コメントを呟（つぶや）く姿に驚かされました。2009年12月、フリーの出版ジャーナリストに転じ、初めて著したのが本作です。他に岩波ブックセンターの故柴田信（しばたしん）さんを3年にわたって密着取材した『口笛を吹きながら本を売る——柴田信、最終授業』（晶文社）、版元と書店との尖鋭的な取引方法〈トランスビュー方式〉を解剖した『まっ直ぐに本を売る——ラディカルな出版「直取引」の方法』（苦楽堂）があります。

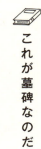

『ボン書店の幻――モダニズム出版社の光と影』内堀弘（ちくま文庫）

「古本屋は、今日仕入れた本を明日売るようなことをしてはいけない」――著者が古書店を始めて間もなく、同業の先輩から教えられた戒めです。著者は東京の郊外で「石神井《しゃくじい》書林」という詩歌専門の古書店を、36年営んでいます。といっても、店舗は構えず、全国に古書目録を発信し（この目録というのが古書マニア・研究者をたじろがせる内容なのですが）、そこから注文を受けて販売するという営業形態です。このユニークなお店（つまり店主）の日常は、『石神井書林 日録』『古本の時間』（ともに晶文社）という著作で垣間《かいま》見ることが可能です。

さて、冒頭のひと言を著者に呟いたのは、やはり詩書専門の老店主でした。「本が買えたからといって、すぐ売るんじゃない。せっかく授業料を払ったんだから、それがどんなものなのかしばらく勉強なさい」という意味でした。本書のテーマであるボン書店との深い付き合いも、まさにそうした出会いと「勉強」から始まります。

〈掌にのるほどの小さな詩集の奥付に、ボン書店という名前を見たのは、もう二十年以上も前のことだ。

私は郊外で古本屋をはじめたばかりだった。詩歌書を蒐めていきたいと、そんな話をしたのだろうか、ある初老のお客さんが戦前の詩書を何冊か頒けて下さった。そのなかに、この小さな詩集があった。

和紙のように見えたが、やや厚手の普通紙だった。そこに、一文字ずつ、それこそ刻むように活字が押されている。充分な余白と、余分をそぎ落とした簡素な装丁。豪華なところは少しもないのに、一冊の書物がまるで一つの作品のように見えた。

「ボン書店らしい詩集でしょ」。初老のお客さんがそう言った。私は、その名前を聞くのも初めてだったけれど、でも、言葉の意味が少しわかるような気がした〉（「消えた出版社を追って」、『古本の時間』所収）

ボン書店とは、昭和7年から昭和13年にかけて約7年間、当時のモダニズムやシュルレアリスム関係の本を出していた小さな出版社（リトルプレス）です。1930年代に活躍した北園克衛《きたぞのかつえ》、春山行夫《はるやまゆきお》、安西冬衛《あんざいふゆえ》、山中散生《やまなかちるう》といった新鋭詩人たちのスタイリッシュな詩書を刊行しました。

当時の文学書にありがちな「天金（本の天の部分に金箔《きんぱく》をつける装幀）」や革装といった豪華・重厚路線には背を向けて、「書物を紙だけで作るという最もシンプルな方法」を保守し、「レスプリ・ヌウボオ」（新しき精神）と呼ばれる時代感覚にふさわしい、洗練された美しさを求めました。

〈たとえば、柔らかい紙に強く活版を押す、活字の部分が少しへこみ、まるで紙に文字が刻まれたような鮮やかさを生み出す。そんな、なんでもない素材の効果をボン書店はさりげなく印象づける。……小さな詩集でも余白を大きく取ることでそこに刻まれた作品を浮き上がらせている。また、薄い詩集であっても表紙を重く厚い紙にすることで書物の存在感を際立たせる。そんなふうに一冊ごとの顔を持たせていた〉

丹精込めた1冊1冊を、30銭そこそこの値段で売りました。部数は200部内外といった少部数です。刊行人は、読者への通信にこんな言葉を残しています。

〈ボン書店は、営業を第一目的とする一般図書出版書肆と異り、よい本を、出来る限り立派な装丁で作り、煙草を買ふやうな、軽い気持ちで求められる廉価で頒ちたい、と考へてゐます。だから定価が実費であつたり、ときには実費以下であつたりしますが、このことは私自身が、一個のアマチュアであることを承知下さるならご諒解願へるだらうと存じます〉

「一個のアマチュア」という言葉に「高い水準をめざす」という若々しい自負がにじんでいます。この奇特な出版人はどんな人物だったのか。ボン書店とは、いったいどういう出版社だったのか——。ボン書店の主要な書き手の一人である春山行夫は、後にその思い出を語っています。

〈昭和八年頃だったか、鳥羽茂という詩の好きな青年が現われて、ボン書店という名で小さな詩集の出版を始めた。書店というとたれもが店を連想するが、彼の場合は単なる象徴にすぎなかった。彼は詩集を出版する目的でどこかの小さい印刷屋に入ってその二階に住み、昼間は印刷を手伝いながら、夜や日曜日にコツコツと自分で活字を拾って、そのころ最も新しい詩を書いていた詩人たちの詩集を出版した。……

彼が、十数冊の詩集を出したあとで急に姿を消してしまった。伝え聞くところによると、彼は詩集を出しているあいだに結婚して、細君と二人で仕事をしていたところ、二人とも病気になって田舎で死んでしまったといわれている。彼らの郷里がどこであったのか、いつ頃彼らが世を去ったのか、一切のことがわからない。詩集を作っても売れる数はごく僅かだったので、それに投じた費用は戻らなかった。鳥羽君は夫婦で働いて金を残し、数カ月たっていくらかの金額にまとまると、それを惜し気もなく詩集出版に投じた。……小柄な、背のひくい、少し神経質な青年だった。彼も詩を書くつもりで東京に出てきたのであろうが、その情熱を詩集という形で残したのであった。私はこの夫婦の生涯を思うと、清らかな詩を感じずにはいられない〉（春山行夫『詩人の手帖』河出書房）

鳥羽茂《とばいかし》は1910年の生まれです。ボン書店の誕生が1932年8月ですから、20歳そこそこの青年が、決して楽ではない暮らしを送りながら、たった一人で活字を組み、印刷をし、好きな詩集を理想の形で、世に送り出していたのです。尖端《せんたん》的な空気をまとった、瀟洒《しょうしゃ》な「ボン書店らしい」体裁で――。

ではいったい、モダニズムの雰囲気とはどんなものだったのでしょう。1930年の春、銀座のカフェの片隅で、後にボン書店から詩集を出す北園克衛と岩本修蔵《いわもとしゅうぞう》が新しい詩の雑誌について語らっています。この昭和初頭の文学的な気運を、著者はＹＭＯ誕生前夜の「坂本龍一と細野晴臣が新しい音楽のことで話し合っている」姿になぞらえます。そういう雰囲気の、新しい時代の風を浴びながら、勇躍、モダニズムの海へ乗り出そうとした小舟が、ボン書店だったというわけです。

しかしながら、生み出された書物はいまも〝痕跡〟として残っているものの、本の送り手に関する情報はほとんど無に等しい状態です。ボン書店について、鳥羽茂について、もっと詳しいことを知りたくても、何の記録も手がかりもない、という現実に著者はたちまち直面します。

「幻の出版社といえば聞こえはいいが、実は本を作った人間のことなどこの国の『文学史』は端から覚えていないのではないか。とすれば、なんとも情けない話だ」――捨て身の情熱で、身を削るようにして書物を送り出した鳥羽茂が誰にも顧みられないまま、記憶のかなたに沈もうとしている。このことに、著者は強い憤りを覚えます。

「モダニズムの時代に風花のように舞って消えていった」ボン書店の物語を掘り出して、鳥羽茂の生きた証《あかし》を確かめるために、執念の追跡行が始まります。

根気のいる、孤独な探索が続きます。ボン書店の刊行書目を集めるのはもちろんのこと、当時の新聞、雑誌、広告など、ヒントになりそうなあらゆるものに目を凝らします。鳥羽茂と関係のありそうな詩人たちには、片っ端から手紙を送ります。足跡はたどれる限り踏査します。中学時代、岡山にいたことが判明すれば、同窓生、地元の詩壇にあたります。晩年近く、いよいよ東京生活を引き払い、戻ったとされる郷里を特定するために、岡山、大分、熊本、宮崎と、あたりをつけた地域内の鳥羽姓の人たちをすべて電話帳で洗い出し、絨毯《じゆうたん》爆撃式に問い合わせます。わずかな手がかりを求め、憑《つ》かれたように、徹底した調査を繰り返します。

こうしてほの見えてきた鳥羽茂の肖像は、モダニズムの空気を全身に浴びながら、大きく羽ばたこうとした一途《いちず》な青年の姿です。うたかたの夢のように現われて、やがて誰に知られるともなく消えて行った短く哀切な人生です。

〈レスプリ・ヌウボオという一陣の風と共に現われて、共に去っていったかのように見える、という言い方はとても美しいかもしれない。ボン書店の航跡は確かにそんな美しさに似合うものであった。だが、残された書物たちの向こう側で鳥羽茂という無名な一生はどこか悲しげである。人の死に方は、彼がどんなふうに生きたかを象徴しているものだ。ありがちな言い回しだが、彼の短い生涯のなかにも、様々な出会いがあり別れがあった。彼の淡い足跡を追いながら、生前の鳥羽茂を知る人たちとも出会った。だが、彼らの記憶の中で鳥羽は印象的であっても、その交渉は希薄であった。僅か三十年ほどの短い生涯なのに、きれぎれの場面で鳥羽を知る者はいても、時間という線で彼を知る者は皆無であった〉

「一人の人間の痕跡とはこんなにも残されないものだろうか」——無念さをこめたドキュメントは、1992年、京都の白地社から刊行されました。本書の親本にあたります。ところが、2003年になって事態が動きます。「私の母は、鳥羽茂の妹です」という電話が、ある日、女性の声でかかってきます。いくら調べても分からなかった親族からの連絡でした。本が出てから約10年の歳月が経過していました。彼女はさらに、「鳥羽茂の息子も生きているんです」と驚くような事実を著者に伝えます。

ほどなく会った妹の夏子《なつこ》さんは、すでに85歳を過ぎていました。「茂」は「しげる」ではなく、「いかし」と読ませたことを教えられます。その他、これまで謎だった数々の事柄が判明します。ボン書店が出版活動を停止する直前に妻を結核で喪《うしな》ったこと。その妻のお骨を抱え、4歳の一人息子を連れて、病身の鳥羽茂が品川《しながわ》駅から九州に引き上げて行ったこと——。

古希近くになっていた遺児の鳥羽瑤《よう》氏とも会うことができました。

〈「あなたのご本を読んで、親父に会えました」、瑤はそう言って長く頭を下げた。私は、どう応えたらいいのかわからなかった。

「茂の兄弟から、ボン書店という名前は聞いたことはありますが、どんなことをしていたのかは知りませんでした。兄弟も茂の仕事を詳しくは知らなかったんです」

弟の芳文は既に亡くなっている。……

息子の元に両親の遺品は何もなかった。これは妹夏子の場合も同じだ。だから、彼は自分の両親の顔さえ知らないできた。『ボン書店の幻』に載せた二枚の写真、それが初めて見る父親の顔だった〉

品川駅からこの親子が向かった大分県の郷里の村へ、著者の探索が再開されます。息子が持っていた戸籍の住所を頼りに、著者はその地を訪ねます。1939年6月、母方の実家がかつてあった村で、茂は結核のため死去しています。幼い瑤は、父親の弟、芳文《よしふみ》の許《もと》に引き取られました。

〈役場で尋ねると、この地番はやはりなくなっていた。長く人が住まなくなった土地は、地番がはずされ原野の扱いとなるそうだ。それでも「このあたりではないか」と、大きな地図に鉛筆で印を付けてくれた。……

「初めての人が車で行ける場所ではない」、そう言って歴史民俗資料館の方が先導してくれた。地図を見ていたときには、険しい山道をどんどん入って行くのかと思っていたが、実際は低い山を左右にみながらうねうねとした道を奥へ進む。深い緑の中には水田も点在していてのどかな風景が続いた〉

近所の農家の老婦人が、60年以上前に、「おさき」と呼ばれる低い土地にある馬小屋の並びの小さな住まいに、2人で暮らしていた父子の姿をわずかに覚えていてくれました。鳥羽茂が最後にたどり着いた場所でした。


〈「あの家はお父さんが病気でね、大人からは、おさきに行くんじゃないって言われたけど、私はよくその子の家に行ったよ」。「なぜですか」と、私は尋ねた。「遊びに行くとお父さんがドロップスをくれて、それが欲しくてね」、そう言うと小さく笑った。

いつの間にかその父と子はいなくなったのだという。

モノクロームのような記憶の中で、ドロップスという言葉が、私にはとても鮮やかに感じられた〉

「文庫版のための少し長いあとがき」として新たに書き加えられた文章は、何度読んでも胸に迫ります。

〈「おさき」を引き上げようとしたとき、一本の樹が目に入った。枝葉の間に実がなっていて、近づくとそれは梨の実だった。

「このへんに梨の木はあるんですか」。私は尋ねた。

「梨の木なんてこれだけだよ」。樹を見上げながら老婦人は言った。

台風で何度か折れたのに枯れなかったそうだ。

息子と一緒に植えた梨の木にちがいなかった。親子が姿を消し、誰も住まなくなった小さな土地で、梨の苗木は静かに育っていたのだ。広がった枝はもう空を隠している。

これが墓碑なのだと私は思った〉

ボン書店の幻を追い続け、長く熟成させてきた鳥羽茂のイメージが、ここでひとつに収斂《しゅうれん》します。圧巻としかいいようのないフィナーレです。

（№697　2016年11月10日配信）

本書の解説を書いている編集者・評伝作家の長谷川郁夫（はせがわいくお）さんが、「途中で思わず目頭が熱くなったことを告白しなくてはならない。巧すぎるよ、内堀さん！」とツッコミを入れていますが、「文庫版のための少し長いあとがき」に書かれた出会いと発見は、憑かれたようにボン書店の幻を追い続けた著者への天からの贈り物だったように思えてなりません。

Ⅱ 言葉を考える

日本語が巧すぎる盲目のスーダン人

『わが盲想』

モハメド・オマル・アブディン
（ポプラ社）

たまたま先週は、「目の見えない人」に関する本を立て続けに読みました。意図したわけではなく、まったくの偶然で、その1冊目が本書です。わが編集室のSさんが「面白い本ですよぉ〜」と勧めてくれました。ヒトラーの『わが闘争』にかけた書名の「盲想」は、妄想ならぬ、盲人の想念——。つまり、人が得る情報の8割から9割が由来するといわれる視覚情報を抜きにして、いまの日本に向き合うと何が見えるのか？「目の見えない人」が研ぎ澄まされた感性で、聞き、嗅《か》ぎ、味わい、触って思い描いた等身大の日本の現実がユーモアたっぷりに語られます。

1978年、アフリカのスーダンに生まれた著者は19歳で初来日。3年後に知り合ったノンフィクション作家の高野秀行《たかのひでゆき》さんに、「アブディンはネタの宝庫だから」と言われたのがきっかけで、「音声読み上げソフト」という文明の利器を駆使しながら、ついに自力でこの著書をものします。帯の惹句《じゃっく》に「日本語が巧すぎる盲目のスーダン人」とありますが、この怪しげな紹介ひとつで読みたい気持ちが募ります。

寿司《すし》が大好物だというアブディンさんを、先日寿司屋に案内したSさんは、右手に白い杖《つえ》を握り、地面をこつこつ探りながら店内に入ってきた、ロヒゲの、縮れた頭髪、褐色の肌の、見るからに盲目の異国人が、カウンターに坐《すわ》るとおもむろに、「こはだ」となめらかな日本語で注文するのを見て、心底、感銘を受けたとか。寿司好きは、来日して間もなく福井県のホームステイ先で、手巻き寿司をほおばったところで決まりました。

〈初めて寿司を食べたときの感動は忘れられない。「ためしにどう?」と言われ、一口かじると、パリっとした海苔の次に酢づけのごはんを歯が突っ切り、一番奥に入った生の魚をかんだ瞬間、脂ののった甘さと、上質なわさびが脳を刺激した。ぶりという魚だと教えてもらった。未知の味とはいえ、信じられない。こっそりこの味をわがものとしている日本人はズルいと思った〉

スーダン人の大半は和食が苦手だそうですから、この数行にすべてが語り尽くされているでしょう。著者と日本は運命の赤い糸に結ばれていたとしか言いようがありません。とはいえ、環境も文化もまったく異なる遠い国に、目の不自由な青年がいきなり飛び込んでしまったのです。文字通りピンチの連続、波瀾《はらん》万丈の道のりでした。

スーダンの名門、ハルツーム大学法学部に在席していた著者が、なぜ大学をドロップ・アウトしてまで日本にやってこようと思ったのか。「日本に留学して鍼灸《しんきゅう》を学ぶ」という、「?」な誘いになぜ応募する気になったのか。本当の理由は書かれていません。

「視覚障害者に鍼灸なんていうあぶなっかしい仕事をさせる日本は、きっとさまざまな面で進んでいる。鍼灸をさせてもらえるぐらいだったら、きっと車の運転もへっちゃらだろう」とか、「(ハルツーム大学の)法学部の女子学生はまじめくさっていて、色気に乏しい。だから、スーダンを離れてもまったく未練はない」といった調子です。

内戦の続く母国への絶望感も記されていますが、きわめて抑制された筆致です。体内の奥深くにあるセンサーが「この機会に日本へ行かなければ、ぼくはきっと後悔するに違いない」と、彼をトライ(渡来)に駆り立てたというのです。

驚かされるのは、来日以降の恐るべき日本語の上達ぶりです。漢字が存在することすら知らなかった著者が、同音異義語の習得をおやじギャグでやり遂げたというのもアッパレです。

たとえば「こうぎ」という語には「抗議」「講義」「広義」「厚誼」等々がありますが、「漢字を見ることのできない」彼は、駄洒落《だじゃれ》を使ってマスターします。

〈たとえば、ぼくは初対面の人に「スーダンはどんなところですか」と飽きるほど繰り返し聞かれて、その都度、返事に困っていたのだが、あるとき、「数段」という言葉を見つけて、以来、この質問に「スーダンは日本より数段広くて、数段暑い国だ」と返事をするという、初対面の人と打ちとけるのにもってこいのネタを作った〉

「内臓が悪いですか」と聞かれれば「そんなことはないぞう」と切り返してウケを狙います。ただし、心から笑ってくれるのは「おやじ世代」以上の人たちだけ。若者や女性にはかえって逆効果だと、しばらくしてから気づきます。

一度も見たことがない野球のはずなのに、ラジオの実況中継を聞くことで、広島カープの大ファンになりました。それによって日本語の話し方、テンポ、ボキャブラリーを短期集中学習したというのも驚異です。点字を習ってからは、本を矢継ぎ早に読みまくります。粘土に割り箸《ばし》で書かれた漢字を指でなぞって覚えます、等々。

本書に溢《あふ》れるユーモア感覚と語彙《ごい》の豊富さは、そうした積み重ねのたまものです。同時に、著者持ち前の楽観主義——頭の良さとともに、自分を決して追いつめすぎないテキトーさ加減（イスラム教徒でありながら「酒って避けては通れない道」とうそぶくような！）が、たくましく愉快な魅力を醸し出します。

嬉《うれ》しくなるのは、彼を支える人たちの存在です。たとえば、歩行訓練士の大槻《おおつき》先生。初対面の時、「きっと、きれいで若い女性だろうな」と期待して待っていたところ、「ごっつい声の、田舎くさい、しかも声のようすから察するところ、中年太りの見本のような体形をしたおじさん」が入ってきます。初めて聞く本格的な関西弁。ところが、この先生の出現によって、「そのとき歴史が動いた」というのです。

〈大槻先生は突然、

「モーハメド君、靴のひもが解けてますよ」

と声を掛けてきた。

（余計なことを言うな、おっさんのくせに）

ぼくはそう言いたいのをぐっとこらえて、これまでいつも使ってきた技を試みた。ひもを適当にぐちゃぐちゃに絡めて丸めるのだ。が、プロの大槻先生には通用しなかった。先生は、ぼくのぐちゃぐちゃになった靴ひもを一瞬にして指で解くと、言った。

「モーハメド君、今から寮に帰りましょう。そして、靴ひもの結び方を練習しましょう」

〈ぼくはそれを聞いて、うれしさのあまり、こみ上げてくるものを感じた。おそらく、大槻先生はぼくの抱える最大の苦しみをわかってくれたのだろう〉

何のことだか、すぐには理解できないでしょう。これは、それまで目が不自由だからといって、自分をどこかで甘やかしてきた著者の本質的な弱点を、プロフェッショナルが鋭く衝《つ》いた瞬間です。

「モーハメド君、きみはこの作業を十五年前にできてないとあかんかった。プライドが許さないのはわかるが、これが最後のチャンスだと思って真剣にやってくださいな」——ごっつい声で命じた大槻先生にしたがって3時間。初めて蝶々《ちょうちょう》結びに成功します。そして3日間の集中訓練を受け、確実にひとりで靴のひもが結べるようになるのです。

〈……ぼくはうれしさで胸がいっぱいになった。生後十九年と九か月目のことだった。

そのとき、ぼくはやっと足元を固めて、日本でいろいろな困難に立ち向かえる気がした。

……ふんどしではなくて、靴ひもをしめてがんばるぞ〉

視覚の壁、言語の壁、そして誰しもがぶつかる人生上の壁。笑いにまぶして書かれていますが、悲観的になり、さすがに落ち込んだ場面も数えきれないだろうと思います。鍼灸を学ぶために入った福井県立盲学校を卒業した後は、パソコンの勉強をするために筑波技術短期大学の情報システム学科に進学します。ところが、そこは2年間で退学し、東京外国語大学に一般入試を受けて合格します。鍼灸の習得に始まった留学生活は、やがて「母国スーダンの紛争問題と平和について学びたい」という目的から研究者の道へと方向を転じます。さらには「スーダン障害者教育支援の会」というNPO活動も始めます。

「乾いたスポンジ」のような男だ、と評するのは長年の友人である高野秀行さん。「乾燥した国から来たという意味ではない。乾いたスポンジが水を吸い込むように、なんでもどんどん吸収していくからだ」(『異国トーキョー漂流記』集英社文庫)。

趣味はブラインドサッカー(視覚障害者のためのサッカー)だという記述を読んでいたら、2015年日本選手権(*)が数日後に迫っている、という新聞記事を目にしました。しかも著者たちが2004年に作った「たまハッサーズ」(八王子市)は、過去3度の優勝を飾った強豪だというのです。2014年は3位。著者もストライカーとして活躍している、と。

ブラインドサッカーは転がると「シャカシャカ」という音の出るボールを使用し、晴眼者のゴールキーパー以外の4人のフィールドプレーヤーは、全員アイマスクをつけて出場します。相手チームのゴール裏には「コーラー」と呼ばれるガイドが立ち、選手たちに声を出してシュートのタイミングなどを指示します。ボールを蹴《け》る音、転がる音、相手と衝突しないように発する声、コーラーの指示……ブラインドサッカーでは「音」がきわめて重要です。客席の大声は禁物です。

先週続けて読んだもう1冊の本――『目の見えない人は世界をどう見ているのか』(伊藤亜紗、光文社新書)によれば、「ブラインドサッカーは通常のサッカーに比べるとスピード感やスケール感は劣りますが、しかし視覚を使わないからこそのスリルとダイナミックさ」が魅力だそうです。

ボールを見る、相手の表情を読む、パスを送る先を見るなど、目に依存している通常のサッカーに対して、「(目の)見えない人は表情が読みにくい」、「先触れの動きがないから、突然シュートが飛んでくるように感じられる」など、意外性に富んだ、キーパー泣かせのサッカーだといいます。「見えない世界には死角がない」のも道理で、背後へのヒールパス、ノールックパスは当たり前。阿吽《あうん》の呼吸でそれらが繰り出され、プレーの幅を広げます。

「障害者とは、健常者が使っているものを使わず、健常者が使っていないものを使っている人」という創造的な視点に立つならば、ブラインドサッカーは私たちの秘められた身体感覚を研ぎ澄まし、目覚めさせてくれる機会でもあります。

さて、19歳で来日し、悪戦苦闘した「盲想」録のフィナーレは、２回の電話だけで決めたスーダン女性との電撃結婚と、東日本大震災の２週間後に生まれた長女の話で締めくくられます。その時点からほぼ４年。仄聞《そくぶん》するところ、著者は博士号を取得し、現在は東京外国語大学特任助教。子どもはその後次女、長男が誕生。広島カープには今年（２０１５年）、黒田《くろだ》投手がヤンキースから帰ってきました。春にスーダンで交通事故に遭ったという著者ですが、それもすっかり回復したようです。おそらく本書の続篇は、パワーアップして「数段」面白い展開となるに違いありません。

＊第14回アクサ ブレイブカップ ブラインドサッカー日本選手権（２０１５年７月11日〜12日）は、14チームによる激戦を勝ち上がった「Avanzare つくば」と「たまハッサーズ」が決勝戦で対決し、１―１の末のＰＫ戦の結果、Avanzare つくばが見事３連覇を遂げました。アブディンさん、残念でした。
（No.６４０　２０１５年７月16日配信）

スーダン出身のアブディンさん。最近の新聞を見ていたら、国連平和維持活動（ＰＫＯ）で南スーダンに派遣された自衛隊の問題に関して発言していました。隣国の現地情報を独自に集めている様子です。日本語を自在に操る、アフリカ出身の知日派国際政治研究者として、新たな活躍の場が広がり始めています。

活字を通して伝わる声

『僕らの仕事は応援団。——心をゆさぶられた8つの物語』

我武者羅應援團（大和書房）

〝大の苦手〟だったのが、応援団という男の集まりです。悪い連中ではなさそうだし、いたってマジメなヤツもいるのだけれど、紋切り型のバンカラ・ポーズ、押しつけがましい熱血漢ぶり、先輩・後輩の上下関係——。

どおくまんの『嗚呼!!花の応援団』のようなギャグ漫画ならいざ知らず、生身で接するのはどうも……と敬して遠ざけていたものです。

ところが、たまたま「小説新潮」２０１６年3月号、特集「Story Power 2016」を読んでいて、ある作品に目がとまります。武《む》藤《とう》正幸《まさゆき》という著者名に添えて、「我《が》武《む》者羅《しゃら》應援團《おうえんだん》」という肩書きです。

「なんだ、これは」と思いながら読み始めると、巧みな導入に引き込まれます。


〈あの日、彼女に対して「頑張れ」と言わなかったこと。

それが私達にできる、唯一の応援だった。

彼女が死んでしまった今も、その応援は続いている。……

私の名前は武藤正幸、職業は応援団。あの学ラン姿でフレーフレーと叫ぶ応援団が、自分の仕事だ。何を言っているんだと思ったあなたは、とても正しい。私だって、自分が大人になって応援団になるなんて、思っていなかった〉

実話にもとづく物語が、この「生きる」という作品です。我武者羅應援團――初めて聞く名前です。ところが、応援団の3文字にふと身構えたことなどいつしか忘れ、気がつくと、夢中で一気に読了し、ウルウル涙ぐんでいたのです。


〈応援とは、相手を輝かせるために、力を尽くすこと。

相手を想い、心の底から絞り出した言葉は、伝わると信じている〉

人によって心に響く応援は違うのだから、大切なのは相手を知ること。まず会って、その人をじゅうぶん理解するまで、よく話を聞くことだと述べられます。一人一人の人生に寄り添うような応援をする。この世にたった1つだけの、その人のためのエールを送る。それを職業にしているのが我武者羅應援團だというのです。

ＨＰを見ると、２００７年に設立され、「『気合と本気の応援で世界を熱くする』という志のもと、人々の勇気を後押しする応援団」と書かれています。20代から30代の7名の社会人が構成メンバーで、２０１６年４月１日現在、結成から〝９４０応援〟という数字です。平均すると年に１００回以上の実績です。創設者であり團長でもある武藤貴宏《むとうたかひろ》さんの実弟が、「生きる」、そして本書の著者である正幸さんです。

さて、「なぜ大人になってプロの応援団になったのか」という話はいったん擱《お》くとして、私をウルッとさせた「生きる」の話を続けましょう。

主人公は、看護師をしている29歳の茜《あかね》さん。末期がんを患って、余命あとわずかと言われています。病魔と懸命に闘いながら、2歳になる息子を育てている彼女に応援のエールを送ってほしい――数名からメールで依頼されたのが始まりです。

最初の発症は22歳の時でした。悪性リンパ腫《しゅ》。半年間の闘病に耐え、職場に復帰。やがて中学時代の同級生と結婚します。最初の子は流産でしたが、2度目の子を授かった感激も束の間、悪性の顎下腺《がっかせん》がん肉腫の診断が下ります。
「赤ちゃんを産むか、自分の命を救うか」——夫も両親も、医師もまわりの看護師たちも、今回は「子どもを諦《あきら》める」ことを勧めます。ところが、彼女は迷いませんでした。自分は産む。医師と相談し、36週での帝王切開によって男児を出産。その6日後に手術が行われます。手術は成功し、茜さんは一命をとりとめますが、出産から1年後、がんの再発が言い渡されます。肺に10以上の転移。下された診断は「余命半年」でした。彼女のブログには、苦しい胸のうちが記されます。

〈癌になってしまったことが不幸だなんて思わない、
癌になって心まで侵されてしまうことのほうがよっぽど、悲しいんじゃないかな〉

彼女を応援してほしいと依頼された我武者羅應援團は、このブログを読んで打ちのめされます。彼女を襲った運命の過酷さに対してではありません。それに立ち向かう彼女の覚悟、本当の強さを知ったからです。「死を間近にしたからこそ、彼女の生は輝きを増している」。それに比して、自分たちは本当に生きているといえるのか？

〈彼女のように生きてみたい。そう強く思った。同時に「どんなメッセージを送ることが応援になるのか?」という問いが立ちはだかってきた。応援したいと思えば思うほど、出口のない暗闇に飲み込まれていくようだった〉

〈茜さんから伝わってくる圧倒的な「生」への覚悟、そこに伝えるべき言葉を、私達は持ち合わせていなかった〉

無力感を覚えながら、團員たちは必死で考えます。そして悩み、考え抜いた末に、あることに思い至ります。その瞬間、「目の前の霧が晴れ、茜さんにまっすぐ続く道が見えて」きます。本番当日、茜さんを前に、「頑張れ」とは言わないで、我武者羅應援團はどういうエールを送ることができたのか——。クライマックスは、あえてご紹介しないほうがいいでしょう。

ともあれ、この一篇に導かれて、2012年8月に出た『僕らの仕事は応援団。』を読みました。副題にある通り、我武者羅應援團の心に残った8つの印象的な出来事を綴《つづ》っています。状況設定も、彼らがそこで直面する難題も、それぞれ異なります。

離反していた大工職人の父と息子。厳しく鍛えようとしたことがアダとなって、家を出てしまった息子の結婚式。父は自分の想いを、応援団の一員となってエールにこめます。

1チーム10人前後のランナーが、タスキをつなぎながら、1・6キロの周回コースを24時間走り抜くマラソン大会。この酔狂の極みのような耐久レースを、沿道から24時間応援します。

母子家庭の10歳と8歳の姉妹から、頑張っているお母さんに「母の日のプレゼント」として頼まれたサプライズ応援。ムードは最高に高まって、いよいよ最後に姉妹からお母さんへのメッセージという場面を迎えます。


〈我らに促され、一歩前に出るユカリちゃんとカオリちゃん。

大好きなお母さんが目の前にいる。

横顔からも緊張しているのが分かる。

我らは心の中で「がんばれ」と何度もつぶやく。


でも姉妹は微動だにしない。

顔もうつむいたままだ。……

何か一言でも気持ちを伝えてほしい。

しかし沈黙は続いたまま……。

どれくらいの時間が経ったろうか。もうこれ以上待っているわけにはいかない。そう思い、フォローの言葉をかけようとした瞬間。

ふいに沈黙が破られた。

ただ、姉妹の口から発せられたのは、
言葉ではなく、嗚咽《おえつ》だった。


〈心の底から伝えたいと思った気持ちは、必ず伝わる。

そして人は、言葉にならない想いを感じとれる〉

泣きじゃくる姉妹の背中を見ながら應援團は学びます。

会社という組織の歯車となって働いているサラリーマンたちへの応援歌。フランスのジャパンエキスポ会場での4日間にわたる悪戦苦闘。どれもが、ありきたりの展開では終わりません。

最後は團長の母校の同窓会。15歳の春、ここの応援団に入団したいと以前から夢見ていたにもかかわらず、たった2週間で逃げ出した自分の不甲斐《ふがい》なさ。その失敗、後悔にけじめをつけ、自分へのリベンジを誓ったのが、29歳で仕事を辞め、プロの応援団を作った理由です。その母校の同窓会で、奇《く》しくも先輩応援団員たちと合同演舞を行います。過去と現在が交錯する、まっすぐで熱い青春ストーリー。応援団というものへのこれまでの〝拒否反応〟が一気に薄らいでいくのを感じます。

〈よく意外だと言われるのだけれど、團員は皆、ビビりだ。本番前になると、各々が緊張を振り払おうと、色々なことをする。腕立て伏せ。胸を何度も強く叩く。やたらぴょんぴょんジャンプをする。鏡に映った自分に向けてエールをきる。そして私はというと……吐きそうになるのをこらえ、目に涙を浮かべ、深呼吸をする。そうやって、自分の中に広がる不安と闘っている〉（「生きる」）

「多くの人が誤解をしている」けれども、我武者羅應援團は、ガムシャラな人間の集まりではなく、ガムシャラになりたい人間、これまでの人生ではくすぶり続けてきた仲間の集合体――。

　引っ込み思案で人づきあいが苦手とか、何をやっても中途半端で長続きしないとか、やりたいことに一歩踏み出せないタイプとか、つまり、肝心な時に勝負しないで逃げてしまったタイプ……。だから、自分を変えたい。これ以上自分を嫌いになりたくない。生きている手応《ごた》えを感じたい。そう願って、團に参加しているというのです。

〈……私達が我武者羅應援團と名乗るのは、自分にプレッシャーをかけるためだ。ガムシャラと名乗ったからには本気で生きなければならない。そうやって自分を追い込む。そのくらいしないと、弱い自分に負けてしまいそうになるからだ〉（同）

日頃からハードトレーニングを課して、当日のウォーミング・アップ、リハーサルも入念をきわめます。事前のリサーチやヒアリングは不可欠の準備です。それが応援をただのパフォーマンスに終わらせないためのルーティーンです。

本番の不安と緊張を吹き払うのは、「この応援のためにどれだけ自分が情熱をかけて、準備してきたか」という一事です。ビビったり、逃げ出したくなる自分を支え、「ガムシャラに生きる」という言葉に力を与えるのは、その積み重ねがあるからです。

〈……何が相手の心に響くのかは、その時々で全然違う。
……学ランを着てエールを送るだけでは、本当の意味での応援にはならない。

実際に体を動かし応援をする、そしてそれ以上に時間をかけて、徹底的に考える。すぐに答えが出なくても、相手を想像して最善の応援を探すことを、あきらめてはならない。応援は頭も体も心もフル回転させて、初めて成り立つ〉

東日本大震災直後の3月28日、気仙沼《けせんぬま》のパブリックビューイングの会場で、春の選抜高校野球大会に出場の東北高校の試合を応援します。目の前に広がる瓦礫《がれき》の山を見るうちに、一同は「とてつもない無力感」に襲われます。

〈避難所の皆さんにどんな応援をしたら気持ちが届くのか。
「がんばれ」という代わりに、何を伝えられるというのか？
相手と向き合おうと思えば思うほど、何一つ言葉が浮かばない。
自分達の応援で誰かを傷つけてしまうかもしれない。
そのことがどうしようもなく怖かった〉

応援という仕掛けにことよせて、語られているのは人と人とのコミュニケーションの根幹です。学ラン姿での声を限りの熱狂とは違う、真摯《しんし》に生きようとする者の一途《いちず》な叫びが、読者の胸を揺さぶります。

（№６７４　２０１６年５月12日配信）

メルマガにこの文章を書いた直後に、初めて著者の武藤正幸さんにお会いしました。その時、お母様が「我武者羅應援團」のマネージャーとして同行されました。いい年をした息子２人が應援團活動に熱を上げてどうです？　とあえて不躾（ぶしつけ）な質問をした時の表情を拝見して、ああ、子どもの最大にして最強の応援団は親なのだ、と改めて感じた次第です。

一瞬が化石となる前に

『スローカーブを、もう一球』

山際淳司
（角川文庫）

2012年春の選抜高校野球大会の出場校が決まった時、群馬県立高崎高校が31年ぶりに甲子園の土を踏むことが話題になりました。県内屈指の公立進学校。卒業生には福田《ふくだ》赳夫《たけお》、中曽根《なかそね》康弘《やすひろ》という2人の元首相がいることでも知られ、いまの部員たちも「文武両道」のモットーを貫いているそうです。現監督は、前回センバツ初出場を果たした際にセンターを守っていた境原《さかいはら》尚樹《なおき》氏で、「今年のチームカラーはあの時と似ている。強いとは思わないが、まとまりがあるし、運も持っている代ですね」と語っていました。31年前に、秋の群馬県大会、関東大会を、誰も予想だにしなかった快進撃で勝ち進み、「あれよあれよ」という間に「タカタカ（高崎高校の愛称）旋風」を巻き起こした物語は、ノンフィクション作家の故・山《やま》

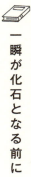

際淳司《ぎわじゅんじ》氏の『スローカーブを、もう一球』の表題作になりました。31年、といえば、ひと世代がまわったことを意味します。山際さんが46歳の若さで亡くなったのが、17年前。いずれにせよ、ずいぶん遠くまで来たものだ、と作品が書かれた傍《かたわ》らで、それを読んだ私にとっては感無量です。

8篇の作品を収めたこの本の中で、最も有名なのは「江夏の21球」です。1980年に文藝春秋から創刊されたスポーツグラフィック・マガジン「Number」に発表され、山際淳司の名前を一躍世に知らしめた〝不朽の名作〟です。重松清《しげまつきよし》さんが、日本のスポーツ・ノンフィクションの歴史は、1980年の山際淳司の登場と雑誌「Number」の創刊を分水嶺《ぶんすいれい》として「以前／以後」に二分されるのではないか、と指摘するほどの時代を画する作品でした。

その前年のプロ野球日本シリーズ「近鉄対広島」第7戦の9回裏。ノーアウト満塁という、絶体絶命のピンチに立たされた広島のリリーフエース江夏豊《えなつゆたか》が投じた21球——その26分49秒のピンポイントのドラマを、クールな文体、鮮烈な場面を切り取る着眼力、そして複数の証言による巧みな立体構成でまとめあげる筆力は、その後のスポーツ・ライティングの世界を一変させるほどの衝撃をもたらしました。

しかし、今回いまさらのように気づいたのは、表題作にこの「江夏の21球」が選ばれなかったという事実です。代わってタイトルに謳《うた》われたのは、地味な高校野球の地方大会に取材した作品です。有名選手が登場するわけでもなく、手に汗握る名勝負の舞台裏が再現されるのでもなく、「ありふれた」題材をあっけないほど淡々と描いたドラマなき物語。だが、そこにこそ山際淳司の真骨頂があったのだと、時を隔てて見るとよく分かります。

主人公は「タカタカ」こと高崎高校のエース川端俊介投手です。スポ根マンガの主役にふさわしい、プロ顔負けの速球を投げ込む甲子園のスーパーヒーローがいるとすれば、「彼はすべてにおいてアンチテーゼ」の存在でした。

〈身長は173cm。スポーツをやっている高校生にしてはとりたてて大きいほうではない。体重は67kgで、体つきはどちらかといえば、丸い。ユニフォーム姿が映えるほうではないだろう。顔の表情は、たいていの場合、やわらかく、時には真剣味に欠けるといわれることもある。ピッチング・フォームも、いわゆる変則型である。中学で軟式野球をやっていたころ、アンダースローを得意としていた。それをオーバースローに変えてから、まだ一年もたっていない。自分ではオーバースローで投げているつもりでも、形としては横手投げになっている。腕を振りおろす直前までがオーバースローで、そのあとサイドスローになるといえばいいかもしれない。

つまり、川端俊介は、パターン化されたスポーツ新聞の文章では書きにくいピッチャーだった。「大きなモーションでズバリ速球を投げこむ本格派」ではないし「群馬に川端あり！」と書かれるタイプのピッチャーでもなかった〉

直球は130キロそこそこ、という並の速さ。最大の武器は、スピードガンで計測すると60〜70キロぐらいのスローカーブ。バッターをからかうようにふらふらと本塁に向かってやってきて、ホームベースの上を通過するときは、低目にゆらゆらと曲がりながら入ってくる、まるで小さな子どもが投げるような、山なりの超スローカーブです。

彼はこれを一試合に何球か、効果的に使います。そしてスローカーブを投げる度に、思わず口元がほころんでしまうのを抑えることができません。それは「やった！」と快哉《かいさい》を叫ぶ笑いでもなく、ざまあみろと相手を嘲笑《ちょうしょう》する笑いでもなく、スローカーブを投げた時が、「一番自分らしい」ような気がするからです。スローカーブを投げる時の自分をイメージすると、「ボールがまるで自分のように思え、妙に好きになれる」からでした。

この作品集に登場するスポーツ・ヒーローたちには、そういう意味で何かしら共通点が感じられます。たとえば、ごく普通の大学生が、ある日突然思い立ち、オリンピックに出ようとする話（「たった一人のオリンピック」）。彼が狙いを定めるのは、代表候補になりやすそうなボートのシングル・スカルです。そして、もしこの夢が実現するならば、「なんとなく沈んだ気分が変わるんじゃないか。ダメになっていく自分を救えるんじゃないか」という思いに取りつかれ、それまでの自分の人生の流れをせき止めて、5年後、ついにはモスクワ五輪代表の座をもぎ取ります。まさか、日本がソ連のアフガン侵攻に抗議して、その大会をボイコットするなど、当然予期するはずもなく……。

郷土の大先輩である長嶋《ながしま》監督から直接請われて、ドラフト外で巨人に入団した速球派の高校球児。3年間のファーム生活では、イースタンのゲームに3試合だけ登板。それ以降はバッティング投手にまわされます。〝壁〟と呼ばれるブルペン捕手やバッティング投手のために用意された90番台のユニフォーム——背番号〈94〉をあてがわれ、背番号〈90〉の長嶋監督がジャイアンツを去った後も、毎日毎日、機械のようにバッティング練習で投げ続けます……(「背番号94」)。

「自分からボクシングをとったら何もなくなってしまう」と知りながら、一方で「自分は、格好をつけてないと生きてる気がしない」という〝美学〟にこだわるばかりに、同期の世界チャンピオン具志堅用高《ぐしけんようこう》とは対照的なジグザグ・コースを歩むことになるハマ(横浜)っ子ボクサー。念入りにセットされたリーゼントに白地のガウン、赤のトランクス、BGMにロックを流してリングに登場し、「どうせ見られるなら、中途半端であるよりも完璧であったほうがいい」というテーゼを信奉する25歳。ランキングは日本フライ級第4位。それでも

「まだボクサーとしてチャンスがあると信じている」——(「ザ・シティ・ボクサー」)。

どの作品も、束の間であるにせよ、スポーツの神に愛された者たちの、一瞬のきらめきをとらえています。そして、人生の「光と影」が交錯する風景が、吹き抜ける一陣の風のような文体で、手際よく、鮮やかに描かれます。著者自らも語っています。


〈まずはじめにシーンがあった。そのシーンの中に生きている人間がいた。瞬間、彼らは哀しいまでに美しく、ときにはおかしいほどに真剣だった。

やがて《時》が流れる。一瞬は日常の中に溶けて流れていってしまう。一瞬が化石となってしまう寸前にぼくはそれを書きとめておきたいと思った〉

ざっくり言ってしまえば、ある時までのスポーツ観戦は、超絶したアスリートの身体能力や技術に喝采《かっさい》を送り、その結果に一喜一憂するスペクタクルの世界でした。私たちの目はその肉体の躍動に釘《くぎ》づけとなりますが、彼らのパフォーマンスを必ずしもトータルにとらえることはできません。記録や勝敗の結果を手がかりに、「たしかに見た」と意味を諒解《りょうかい》することがせいぜいでした(いまも本質的には変わりませんが)。

それが、映像技術の進歩によって、選手の動きをより微細に、多角的に、何よりも繰り返し確かめることができるようになりました。〈見る〉ことは劇的な進化を遂げ、その快楽もまた格段の深まりを見せています。置いていかれたのが、言葉です。

アスリートたちの内面——研ぎ澄まされた感覚と、メンタルに繰り広げられる自分との闘いの内実が、未知の領域としてそのまま残されます。観客という所詮《しょせん》は傍観者の立場であるにせよ、より過激に〈見る〉ことに徹しようとするならば、目の前のシーンを鋭く感じ、それを〈読む〉必要がありました。その言葉への渇望がかつてないほどに高まって、器のふちから危うくこぼれそうになったのが、ちょうど1980年前後だったと、いま改めて思います。

沢木耕太郎《さわきこうたろう》氏の『敗れざる者たち』（文藝春秋、1976年）がひとつの転機でした。その後、ヤクルトスワローズを初優勝に導いた広岡達朗《ひろおかたつろう》氏をモデルにした『監督』（海老沢泰久、新潮社、1979年）や、「プロレスは、真面目に見るものでも、不真面目に見るものでもない。では、どうすればよいのか？　プロレスは、そう、クソ真面目に見なくてはならないのだ」という村松友視《むらまつともみ》氏の『私、プロレスの味方です——金曜午後八時の論理』（情報センター出版局、1980年）が現われ、さらには文芸誌「海」（中央公論社）を舞台に、その特異なレトリックで読者を幻惑した謎の女性ライター草野進《くさのしん》氏（代理人は作家・仏文学者の蓮實重彦《はすみしげひこ》氏）の『どうしたって、プロ野球は面白い』（中央公論社、1984年）など、この時期に見るべき作品が次々と生まれました。〈見る〉ことと〈読む〉ことの循環が、スポーツの世界をかつてない人間のドラマとして〝再発見〟させるのです。

その一瞬のドラマのきらめきは、無名のアスリートたちの上にも訪れました。『スローカーブを、もう一球』でも引かれているのは、ヘミングウェイの台詞《せりふ》です。「スポーツは公明正大に勝つことを教えてくれるし、またスポーツは威厳をもって負けることも教えてくれるのだ。要するにスポーツはすべてのことを、つまり、人生ってやつを教えてくれるんだ」。

初版本の奥付を見ると、発行日は31年前の明日（１９８１年8月31日）でした。そこから14年後、読み終えた本をパタンと閉じるように、あっけなくこの世を後にした山際淳司さん。立ち去る時の、少し淡白すぎるようないつもの彼の印象が、最期の別れにも重なります。しかし、山際さんが去った後に残すイメージは、なぜかいつまでも心の中にとどまります。「スローカーブを、もう一球」のラストシーンもまた、そうです。


〈キャッチャーの宮下はサインを送った。……

その指の形はこういっている――《スローカーブを、もう一球》

川端俊介は、微笑んだ。そしてうなずくと、ゆっくりとスローカーブを投げる、あのいつものモーションに入っていく……〉

（No.506　2012年8月30日配信）

もっと長生きしてほしかった大事な友人の一人です。本名で週刊誌に連載していた「現代人劇場」という人物ルポを読み、即座に連絡を取りました。会うなり親しくなりました。持ち味が遺憾なく発揮されたのは、本格的デビューとなった「江夏の21球」です。意表を突く角度から、鮮やかに人間ドラマを切り取ります。注がれる眼差（まなざ）しが温かく、それでいて湿っていないのが特徴でした。

没後51年目の夭折作家

『展望台のある島』

山川方夫

（慶應義塾大学出版会）

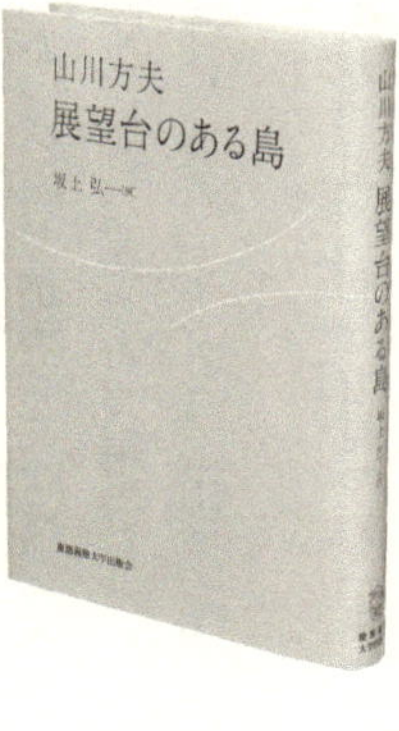

山川方夫《やまかわまさお》といっても誰なのか知らない人がもはや大多数かもしれません。2015年が没後50年でした。生前、芥川《あくたがわ》賞候補に4回（5作品）、直木《なおき》賞候補に1回。受賞には至らなかったものの、都会的な作風、多彩な才能の持ち主として前途を嘱望されていた作家です。

〈夭折する人の心というものは、誰もこのように柔軟で、よくしなうものなのだろうか。決して、そうとは限るまい。……

三十代に達して、この人の伸びやかな開花期がきた。そこに、不慮の死が待ち伏せていた〉（永井龍男「柔軟な精神」）

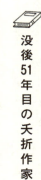

郵便を出しに行った帰り道、東海道本線・二宮《にのみや》駅前の国道1号の横断歩道で、山川方夫はトラックにはねられ、人事不省のまま、翌日帰らぬ人になりました。35歳の誕生日を5日後に控えた1965年2月20日のことです。

本書は彼の30代、いわば〝晩年〟の作品を集めたアンソロジーです。ごく身近にいた年少の友人であり、彼に勧められて小説を書き始めたという坂上弘《さかがみひろし》氏が、「山川の豊潤なひろがりを伝えたい。生を。死ではない」との願いから、いまなお〝最愛の小説家〟として心の中に生きている先輩の足跡を改めて世に問いました。

どれも懐かしい作品ばかりです。たまたま私が大学に入った1972年に、山川が得意としていたショート・ショートの作品集『親しい友人たち』が講談社文庫に入りました。74年には自伝的な私小説を中心にした『愛のごとく』、75年には『海岸公園』が新潮文庫化され、ほどよい間隔で読みつぐ機会が与えられました。やがて文庫化されなかった長編『日々の死』や、エッセイ集『トコという男』まで古本屋で求めるようになり、とうとう『山川方夫全集』（全5巻、冬樹社）を手にすることになりました。

なぜそこまで熱読したのか、といえば、もちろん山川の誠実な作風、「個」を見つめ「生」を希求する透徹した筆致など、作品の魅力が強く心に働きかけたことは言うまでもありません。しかし、そもそものきっかけは、評論家・江藤淳《えとうじゅん》の鮮烈なデビュー作となった『夏目漱石』を書かせた名伯楽として、山川方夫の名前を記憶に刻んだことが大きな理由でした。同人誌で、江藤の「マンスフィールド覚書」を読み、当時、編集担当をしていた「三田文学」に、「夏目漱石論」を書くように勧めた逸話は、文学部生にとっての〝伝説〟でした。いったいどういう人物なのか。山川方夫の実像をしっかりこの目で確かめたいと思ったものです。

〈山川と私とは、僅か十年間のつきあいである。昭和三十年の初夏に、私ははじめて当時三田文学の編集長だった山川方夫に逢った。所は銀座の並木通りにあった日本鉱業会館内の「三田文学」の事務所で、私はまだ三田の文科の学生であった。だから、常識的にいえば彼は私の「先輩」――もっとも、三田ではこの「先輩」という言葉をあまりつかわないのであるが――ということになるが、私たちが、そういう年齢の差を意識してつきあったことは一度もなかったような気がする。私は山川編集長に見出されて『夏目漱石』という本を書き、この本によって批評家になった〉（「山川方夫のこと」、『江藤淳著作集 続2 作家の肖像』講談社、所収）

そして、こう続きます。

〈……山川はその前で私が「無私」になり切れる数少い——というよりはほとんど唯一の友人であったとでもいうほかはない。彼は、表面的にはきわめて社交的な男だったが、その実いつもいまにも爆発しそうなさまざまな苦しみをかかえて、懸命に生きていた。その孤独な、孤立無援な耐えかたが私は好きだった。温厚で誰にでもやさしい山川とはちがって、私は癇癪持ちで気が短く、社交嫌いな人間であるが、何か暗い重いものを黙って耐えているという意識を共有してはいたからである。だから、私たちのつきあいは甘えあうつきあいというより、甘えあわぬところにルールがあるような親密さから成立っていたのである〉（同）

その突然の死をいまだに信じ切れない、その感覚にまだ馴《な》れていないという江藤氏が、「山川はいつの間にか、私の内部の存在になってしまっていた」と吐露する文章は、痛切です。その5年後に書かれた「山川方夫と私」と題する長編エッセイは、それをさらに強く訴えます。

最後の一節です。

〈山川、君はいわば私にとってひとつの花だった。……誰の眼にもふれずに咲き、沙漠に芳香をただよわせて消えて行く花々を、私はいくつか知っていた。山川、君は疑いもなくそのなかでもっとも鮮烈な花のひとつだった。……君がいなくなってからいろいろなことがおこり、私の確信はますます強まらざるを得ない。つまり、生きるにあたいするから生きるのではない。なにものかへの義務のために生きるのだ、という確信が。そのなにものかとは、なんだろう？　山川、それを私に教えてくれないか。今、君こそそれがなんであるかを知っているはずだから〉（前掲書所収）

このエッセイが書かれた29年後、よもやと思われた江藤氏の自死を知らされた時に、この一文がしきりと頭をよぎりました。

さて、本書ですが、第Ⅰ部には山川方夫らしい掌短編が8作選ばれています。国語の教科書でもおなじみの「夏の葬列」をはじめ、洗練された文章、洒脱《しゃだつ》な構成、幅広い趣向の作品が並んでいます。読んで驚くのは、古さをまったく感じさせない――それどころか現代を予見していたかのような物語のセンスと才気のきらめきです。２０１５年には、『親しい友人たち──山川方夫ミステリ傑作選』（創元推理文庫）というアンソロジーも出ました。そちらには、E・サイデンステッカー氏の翻訳で「ライフ」のアメリカ国内版「日本特集」に掲載され、その後ソ連《れん》、イタリアでも紹介された名作「お守り」も収められています。

第Ⅱ部の5篇には、死の1ヵ月後に刊行された『愛のごとく』（新潮社）から3作品が入っています。ジャンルでいえば私小説に属する「最初の秋」と、表題作「展望台のある島」の2作は、1964年5月に結婚し、新居を疎開先だった二宮の家に構えた山川が、同年11月号、翌年2月号の「新潮」に発表した作品です。

「山川にとっては、結婚と新生をあらわす一つの塊となるべき連作だった」と坂上さんは解説しています。実際、この2作を「一つの作品として読んで」もらうための改稿に着手したところでした。しかし、それをなし遂げることなく、不慮の事故に見舞われます。文学的転機がまさに訪れようとしていた矢先、突然、幕が引かれるのです。巻末に付けられた詳細な年譜に、「二作品を一つの作品にするつもりだったが果たさず」とあり、続くのは11行にわたる事故と死去の記述です。

今回初めて『愛のごとく』の初版本を、新潮社の資料室で手にしました。当時の現代美術の旗手、斎藤義重《さいとうよししげ》氏に装幀《そうてい》を依頼したのは本人の希望だったといいます。帯には「的確な人生の把握と、鮮潔な抒情と——急逝を惜しまれる作家山川方夫の天賦の才華がきらめく遺作集！」とあります。裏の帯に目を転じ、そこにある文章を読んで、この作家の死がいかに深い喪失感を周囲にあたえたか、という事実に粛然としました。長くなりますが、そのまま引用します。


〈山川さん。あなたは悲運な人だった。ほんとうに悲運な作家だった。

昨秋の米誌「ライフ」を皮切りに、ソ連の「コムソモールスカヤ・プラウダ」、イタリアの「パノラマ」に作品がつぎつぎと紹介されて、日本の文壇はもとより、国際的にも洋々たる前途がひらけたその矢先、あなたは降ったような事故に遭われた。結婚して九ヵ月、34歳の若いあなたが逝かれた。

愛別離苦。しかし、幽明あい隔つ今は、こういう言葉自体いかにおぞましいことか。死は無量に重いのだ。ことに個性的な作家あなたの死は。

洗練された美の感覚、透徹した造型の意識——そのあなたの文章が、この先もう新たに書きつがれないということは、何と寂しいことだろう。

孤独なあなたの、余りに孤独な死を心から悼む〉

担当編集者だったSさんの文章だといいます。敬愛する作家の急逝を前に、編集者が無念の思いをこれほどストレートに綴った帯文を、寡聞にして、私は他に知りません。

以下、個人的なことですが、坂上弘さんが心血を注いだ巻末年譜を見ていて、1947年、山川方夫17歳の記述に目を奪われました。梅田《うめだ》晴夫《はるお》という名前が出てきます。

〈二宮在住の劇作家、梅田晴夫を母に連れられて訪ねる。

二宮の梅田邸は、海岸縁りにある山川の家から駅の踏切を渡り、歩いて十五分の山手にあり、嘉巳（よしみ、山川氏の本名、引用者註）は足繁く通い夜遅くまで遊ぶことが多かった。梅田は嘉巳の病弱からくる引込み思案の性格を直そうと、野球をやらせたり、行動を共にする。梅田は嘉巳に大濫読を勧め蔵書を開放した。当時本が手に入らない時代であり、嘉巳は梅田邸からリヤカーで本を運んで来て読む。特に重要な衝撃を受けた作品に「チボー家の人々」「地獄の季節」「赤と黒」「嘔吐」「死者の書」「錯乱の論理」「暗い絵」を挙げる。梅田晴夫の蔵書へ移ってから読むものが、欧州の文学、演劇関係、文芸雑誌、三田文学へとひろがった。ストイックな耽読惑読は毎日続けられ、一方で作品を書きはじめる。

この年はたかまる文学への関心と自分の躰との関係において、書くこと、文学をやるこ

とを選んだ時期でもある。梅田はこのような嘉巳を励まし、小説家か劇作家になるよう勧める〉

山川方夫というペンネームは、父である日本画家・山川秀峰《やまかわしゅうほう》の師にあたる鏑木清方《かぶらききよかた》の「方」と、私淑したこの梅田晴夫の「夫」を取って付けたとあります。山川と梅田氏の交流はこの後も続くのですが、私がこの経緯を初めて知ったのは、数年前に梅田氏の子息（私の20年来の友人）と坂上さんと3人で会食した折です。2人を初めて引き合わせるという目的だったにもかかわらず、迂闊《うかつ》なことに、私はその事実をまったく認識していませんでした。

梅田晴夫氏と山川の間にそんなに深い縁があったのか、とひたすら驚き、感銘を受けました。戦後間もなくの時期、疎開先として移住した二宮の地で、宿痾《しゅくあ》を抱え、無口で、内向的だった山川が、年の差（おそらく10歳の違い）を越えたこの交友を通じて、自らの文学に目覚めていきます。2人を結びつけた何ものか——その無償の愛と情熱に、たとえようもない慰藉《いしゃ》を感じます。

（No.660　2016年1月28日配信）

「私が今日あるのは本当に山川方夫のおかげ」と江藤淳に言わしめた人物は、作家である以前に名編集者でした。江藤淳の伝説的デビューとなった『夏目漱石』の成功は、山川方夫と過ごした「一時間半」が決め手だったと、いま渾身（こんしん）の江藤淳論を連載中の平山周吉（ひらやましゅうきち）氏が明かしています。氏がいみじくも「一卵性文学者」と呼ぶように、2人はおそろしく相似していました。

Ⅲ 仕事を考える

思い出し再読

『思い出し半笑い』

吉田直哉
（文藝春秋）

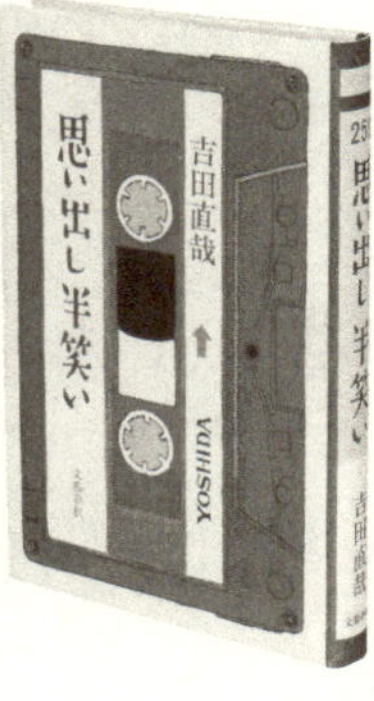

「養老さんから聞いたなかで、いままで一番笑えたのは、あれですね」と南伸坊《みなみしんぼう》さんが言いました。東南アジアの、とあるホテルでの出来事です。ともかく暑くて寝苦しい夜を、なす術《すべ》もなく、養老孟司《ようろうたけし》さんは部屋で耐えていました。その時、ドアをトントンと叩《たた》く音がします。開けると、ボーイが立っています。「ガール？　ガール？」。暑くて眠れない時に「うるさいヤツだ」と思い、「ノー・サンキュー」と邪険にドアを閉めたところ、しばらくしてまたノックされます。開けると「ボーイ？」と、さっきの男がずるそうな眼をして笑っています。そっちの趣味だと思われたのか。カッとなり、「警察を呼ぶぞ！」と怒鳴ってドアを閉めました。すると、やがてまたノック。さっきのボーイがまた現われて、「ポリスマン・イ

ズ・ベリ・エクスペンシブ・サー」と悲しげに言いました……。

実はこの話、養老さん自身の体験ではなく、NHKの名ディレクターだった吉田直哉《よしだなおや》さんの持ちネタでした。私もうっすらと、その記憶がありました。自宅に戻るとさっそく、本棚の奥から探し出したのが本書です。舞台はシアヌーク殿下全盛時代のカンボジア。ポル・ポトが登場して、突然、社会主義国になる前の、フランス植民地の爛熟《らんじゅく》した空気の名残が、社会に瀰漫《びまん》していた頃のお話です。ややニュアンスが異なっているのは、「警察を呼ぶぞ！」と頭にきた吉田さんの「ポリース」という単語を耳にした男が、ドアを閉められる前に、「一瞬あきれたような顔をし、それから考えこみ、やがて悲しげに首をふりながら」、「旦那、警官はえらく高い」と答えたところ。

ともあれ、よくできたコントのような傑作です。本の帯には「軽躁・晴朗・抱腹絶倒のテレビ屋騒動記！」とありますが、その冒頭の章「ガマ油売りに追い廻された話」のオチとして使われているのがこの話です。

ヤクザの大親分が自慢の背中の彫りものを、どら見せてやろうかと、やおらもろ肌ぬぎになった瞬間、黒い大きなドーベルマンが、上がりがまちの土間からいきなり吉田さんめがけて突進してきます。「グロテスクな黒犬の口と牙とがすぐ顔の上にあって、そのまま気が遠く」なりかけます。

〈あとで聞いたことだが、どう訓練されていたかというと、客がいるとき飼主である親分がもろ肌ぬぎになったら、それは命のやりとりなのだから、すかさず相手にとびかかってのど笛をくいちぎる、というのである。土間の犬小屋の奥から見張っている犬のことを全く忘れて、私に入れ墨を見せるために九内親分がもろ肌ぬぎになった。だからドーベルマンは、「すわ鎌倉!」と私ののど笛めがけて跳びかかったというのである。

「いや、あわてたよ」と殺人犬の主人は謝り、私はというと、ちっともおかしくないのに、涙を流しながらゲタゲタとめどなく笑っているのだ。どうしても笑いのケイレンが止まらない。……腰がぬけると、なぜか笑いみたいなものがこみあげて止まらなくなる、ということをそのときはじめて知ったのである〉

ガマの油売りの「テキ屋」を取材していて、「とろーり、とろりと煮つめたるがこのガマの油」というのが、実はヒマシ油にゴマ油で、「ガマの油なんぞ一滴だってはいってる訳はねえ」と耳よりの話を聞き及び、この〝秘伝〟を新聞記者に洩《も》らします。すると、それがデカデカと新聞紙面を飾ることになり、「野郎! ネタばらししやがって!」と、テキ屋に追いかけられる羽目になる、という話やら、飛び切りの失敗談が次々と、スピーディに展開していきます。実に切れ味のいい一篇です。

本は1984年8月1日の刊行です。藤沢周平《ふじさわしゅうへい》、開高健《かいこうたけし》、谷沢永一《たにざわえいいち》、古山高麗雄《ふるやまこまお》、江藤淳、といった人たちの著作を手がけた職人肌の編集者Mさんの仕事だとすぐに分かる、小ぶりで瀟洒《しょうしゃ》な体裁です。安野光雅《あんのみつまさ》さんの装幀《そうてい》にも、ひねりがあって愉快です。

吉田さん、Mさんともにすでになく、「思い出し半笑い」といいながら、少し寂しい思いがしてきます。そういえば、連載時の発表舞台も、いまはなき雑誌「諸君!」です。

他の章のタイトルを並べると――「LSD服用記」、「平家の女官に蹴られた話」、「カンニング元首の恩返し」、「入れ歯に噛まれた話」、「スペース・シャトルと錦ヘビ」、「コレクターに狙われた吉永小百合」、「たずね人騒動記」、「あわてものの史料的価値」、「百足殺せし女と寝る?」、「わが家を走り抜けた泥棒」、「脅迫状を羨ましがった芥川比呂志さん」。いずれも、著者がテレビ番組制作中に出会った珍事を軽妙に綴《つづ》った滑稽譚《こっけいたん》です。

吉田さんはいわずと知れた辣腕《らつわん》テレビマンの代表格です。1953年にNHKに入局し、テレビ草創期から成長期、そして成熟期までの現場の第一線に立ちあいました。「日本の素顔」「明治百年」「未来への遺産」「21世紀は警告する」「太郎の国の物語」などの大型ドキュメンタリー・シリーズを作り、「太閤記」「源義経」「樅ノ木は残った」などの大河ドラマを演出しました。1990年、NHK退局後は、創設された武蔵野美術大学映像学科の主任教授を務め、かたわらエッセイストとしても健筆をふるいました。

テレビが若々しかった頃の、バイタリティー溢《あふ》れるディレクター奮戦記ですから、ネタの鮮度、面白さは折り紙つきです。しかも、それを惜しげもなく、ふんだんに振る舞うところが豪気です。素材の捌《さば》き方、料理の仕方が、名演出家とはかくやと思わせる、まことに鮮やかな手際です。

たとえば「入れ歯に嚙まれた話」は、意外な展開のオムニバスです。

まず、オランダのチューリップ畑で迷子になる吉田さんが出てきます。なぜそんなことになったかというと、長崎で過ごした小学校4年生時代の思い出につながります。同級生の美少女Aさんが、むかしオランダ商館のあった出島《でじま》の入口の道ばたで、チューリップの花を見つめていました。話しかけられた吉田少年が、思わず口にしたひと言が、二十数年後に著者をこのチューリップ畑へと導きます。

〈「あら、こんなところにチューリップが咲いている」

と言う彼女の顔を、まるでお人形のようだと私は思った。三年までは同じクラスだったのだけれど、四年になって男と女、別々のクラスに分けられたので、こんなに近くで顔を

見るのは久しぶりだし、何となくモジモジするのである。だからあわてて私は、

「そりゃそうさ、ここはオランダ人がいたんだもの」

と言った。彼女は驚いてふりかえって、驚いたらよけい可愛い顔になって、

「え、オランダ人が持って来たの？」

ときく。こうなると後にはひけないから、

「オランダはチューリップの国じゃないか」

と言いながら、ほんとうにオランダ人が球根を船に積んで来たのかも知れないぞ、と思ったのである。

「ステキねえ、……そうなの？　ステキねえ」

とAさんが夢みるような顔をしているので、私も、ステキだ、ほんとうにオランダ人が植えたものがまだ咲いているんだとしたら、ほんとうにステキだ、とドキドキしながらしゃがみこんで、一緒にそのチューリップを眺めた。そのときの、およそこの花に不似合な道ばたの石ころの中に一本だけ咲いていて、ふらふら揺れていた薄赤いチューリップの姿は、そこだけ明かりが当たっているように、今でもはっきりおぼえているのである〉

続いて、作家の今東光《こんとうこう》さんがパリで絶世の美少女に恋をした話が出てきます。何度も手痛

い仕打ちにあい、もう相手にするのはやめようと心に決めたその相手が、ある晩、今さんの部屋に入ってきます。「もうだまされるか」と、今さんが身を固くして拒否しようとすると、女がベッドにすべり込んで身を寄せてきます。そうこうするうちに、なんと女が背中に嚙《か》みつきました。「痛い！」。声を出したその途端、目が覚めて、夢だったと気づきます。見ると、寝る前に外した入れ歯が、背中の下敷きになっていました。

それからまた、吉田さん自身が体験した渋谷《しぶや》・松濤《しょうとう》の小さな旅館での出来事です。ドラマの台本づくりのためにこもっていた時でした。ふと見ると、中庭の小さな池のほとりにびっくりするほど美しい若い女が立っていました。その宿には品のいいおかみさんと年配の女中がいるだけで、他に客はいないはず……。食事を運んできた女中に、「池のそばにすごい美人がいた、あれは誰か」と聞くと、はっきりしない謎めいた返事です。夜になって、しんしんと冷えこみ、コタツで仕事を続けていたら、床の間の電話が鳴りました……。

そうかと思うと、またパリの話。吉田さんが泊まっていたホテルの部屋の、半開きにしていたドアの隙間から、誰かが覗《のぞ》いたような気がしました。しかも、覗いたのが美人だったように思えて仕方がありません。そのまま、しばらく様子をうかがっていると、ドアの外でささやき合うような気配がします。思い切って大きくドアを開けてみると、若い金髪の美女が「はじかれたように飛びのいた」……。

どれもが短編映画のような鮮やかさです。上質のユーモアにつつまれた、後味の良さが特長です。チューリップ畑で迷子になった話は、本書刊行から17年の時を経て、より詳しい背景を知らされました。吉田さんの最晩年のエッセイ集『敗戦野菊をわたる風』(筑摩書房)の「出島のチューリップ」を読んだ時です。同級生Aさんとの会話を、劇仕立て風にしてみましょう。


「ね、こげんところにチューリップの咲いとる!」

「そりゃそうさ、ここはオランダ人がいたところだもの」

「え、オランダ人の花て?……むかし持ってきたとが、まだ咲いとっと?」

「オランダはチューリップの国じゃないか。たくさん持ってきて、自分の住むまわりに植えたとよ」

「そうねェ?……すごかねェ。私《うち》は、なあんも知らんけん……。そうねェ?……」

そして、

「チューリップの国て、どげん景色かなあ……。国じゅうに咲いとるんかなあ……」

「そら、国じゅうさ、きまっとる」

並んでしゃがんで、チューリップの花を見ながら交わしたこの会話と、「風もないのに揺れていた薄赤いチューリップの姿」は、その後も脳裏を去ることがありませんでした。Aさんとはそれきり口をきく機会もないままに、4年後、父親の転勤にともなって、吉田さんは長崎から仙台《せんだい》に転校します。

〈原爆の一年前に長崎、しかも爆心地となった浦上を去ったのだから、悪運の強い話である。そのかわり一年後遠い仙台で、原爆で死んだ幼友達の名を次々に五月雨式に耳にする破目になり、そのたびに胸をかきむしられる思いを味わうことになった。そして、その昭和二十年も暮れに近く、仙台に雪が降った日、友人から届いた手紙についでのように一行が書き添えてあったのである。「前に知らせたかどうか忘れたが、原爆ではAさんも死んだ」と〉

彼女は、自分の「知ったかぶりの出まかせ」を信じたままに死んだ、という思いが、オランダのチューリップ畑に吉田さんを連れてきました。そして、かつて見た花と同じ種類のものがないかと探しまわっているうちに迷子になったというわけです。吉田さんの書くものにはいつも詩情とユーモアが溢れています。加えて、意外な展開と構成力の巧みさがたまらない魅力です。

「そそっかしいのは放送局に向かないなどと言われたが、はいってみたら、その向かないのばっかりがいるのである」という粗忽者《そこつもの》づくしの「あわてものの史料的価値」。「バカとホコリは、高いところへあがりたがる」に始まり、ヘリコプターからの空撮、絵巻物のアングル、漱石と鷗外《おうがい》の違いなど、俯瞰《ふかん》の視角について考察をめぐらす「わが家を走り抜けた泥棒」など、冴《さ》えた技には舌を巻くばかりです。

「人生とは思い出の集積である、思い出を集めたものがひとりの人間の人生だ」と言い、だからこそ、私事にすぎない思い出の集積も、なるべく大勢の人が書きとめるべきだ、と語っていた吉田さんの言葉を思い出します。

〈人がひとり死ぬということは、単にひとつの命が消えるというだけではない……私が消えるだけならたいしたことはないが、私が死ぬと、私のなかで私と共に生きてきた何人もの、すでに死んでいる人びとがもういちど死ぬ。今度こそ、ほんとうに死んでしまうのではないか？

死者ばかりではない。たくさんの、すでに失われた風景も永遠に消えてしまうのだ〉

（『敗戦野菊をわたる風』）

（No.496　2012年6月7日配信）

尊敬する何人かのテレビマンたちから、本当にいろいろなことを教わりました。硬派を代表するのが吉田直哉さんです。座談はいつも楽しく、本書の帯にある通り、「ＮＨＫのヒトはこんなにオカしいぞ」を地で行く人でした。帯の言葉はこう続きます。「マジメで一途で変チキな人々の失敗談を精選。視聴者の皆さまスミません。ブラウン管の裏側は綱渡りの毎日です」。

初めて知る万里さんの素顔

『姉・米原万里
――思い出は食欲と共に』 井上ユリ
（文藝春秋）

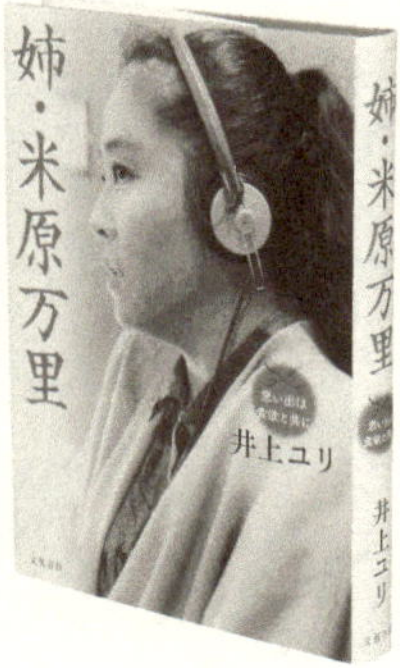

いきなり核心をついたエピソードで本書は始まります。この主人公にふさわしい導入です。

〈一九五〇年代、下水道はまだほとんど普及しておらず、どの家のトイレも（あのころはお便所、といったが）汲み取り式だった。万里は大岡山のお便所に三回落っこちた。三回とも汲み取り屋さんが来て間もなくで、幸運にも大事にはいたらなかったが、そのたびに母とS家のおばちゃんは、汚物の中から万里を引き上げ、体を洗い、着替えさせ、臭いのとれない服を何度も洗濯して、を繰り返した〉

小さい頃から、この主人公はすごい集中力を発揮するタイプでした。遊びに夢中になったり、考えごとをし始めると、他のことはいっさい目にも耳にも入らなくなります。母親がどんなに大きな声で「万里《まり》ちゃん！」と呼びかけても気がつかない……。「三つ子の魂」なんとやら。人と話している最中でも、ふっとどこかへ魂を持って行かれる習性は、「生涯直らなかった」というのです。

〈あのときもお便所の中で、姉は想像の世界に入って上の空だったのだろうか。このお便所がどういうふうになっているのか、気になってしまっていたのだろうか。そして、のぞきこんでいるうちに吸い込まれるように感じて落ちていったのだろうか。
　それにしても三回、というのがすごい。普通は一度で懲《こ》りるだろうに〉

というわけで、「あとがき」で次のように語られるのも、むべなるかなです。

〈本書をお読みになればおわかりいただけると思うが、姉はこどものときから、きわめて個性的だった。わたしは生まれたときから一緒にいたので、さほど変とは実は思っていなかったのだが、十代も後半になってくると、やはり人とはずいぶん違うことに気がつきだ

した。「あの人、面白い。ちょっと変わり者がいる」とまわりから言われている人に会っても、

「えっ？　これぐらいなら、万里の方がずーっと面白いし、変わっているじゃない」

と思ってしまうのだ〉

『姉・米原万里』


本書の魅力のひとつは、米原家の〝秘蔵写真〟がたくさん紹介されていることです。3回落ちた頃の、万里さんの表情はステキです。面構えと呼びたくなるような個性的な素顔。ああ、これが米原万里さんの地金だったのか、と目からウロコが落ちる思いです。

一家は大岡山《おおおかやま》から、同じ大田区《おおた》内の馬込《まごめ》の新居に引っ越します。その際、3回も大変な思いをした母親・美智子《みちこ》さんの発意で、当時としては画期的な水洗式トイレが導入されます。万里さんが次に関心を向けたのは、壁でした。真新しい壁いっぱいキャンバスになりました。訪問客が驚くと、「こんな広々とした真っ白な壁を見て、絵を描きたくならない子がいたら、その方がおかしい」と母親はむしろ得意げです。

ミッション系の幼稚園で、万里さんが先生の言うことを聞かなくて呼び出しを受けた時、「こんなこどもすら相手できないような幼稚園はこっちから願い下げだ！」と啖呵《たんか》を切るなり、わが子を連れ帰ったという母君です。

娘の個性が大の自慢だったらしいそんな母親と、子煩悩でやさしい父親の愛情に包まれて、万里さんは『窓ぎわのトットちゃん』（女優・タレントの黒柳徹子《くろやなぎてつこ》さんの自伝的物語）に負けず劣らずの変な子ぶりを発揮します。そういう馬込の御宅には、実は私も何度か伺って（理由は後述します）、その都度、お母様にもお会いしました。それだけに懐かしく、心温まる逸話です。

ここで改めて紹介するまでもなく、本書の主人公は、ロシア語同時通訳で、エッセイスト、作家の米原万里さんです。2006年、56歳の若さで亡くなり、2016年5月で没後10年を迎えました。著者は米原家の2人姉妹の妹で、イタリア料理をベースにした料理研究家であり、故・井上ひさし氏の夫人です。

1995年、同時通訳の珍談、奇談、失敗談を披露しながら通訳という仕事の魅力を描いた『不実な美女か貞淑な醜女《ブス》か』（新潮文庫）で読売文学賞を受賞し、米原さんは文筆家として一気に活躍の場を広げます。1997年、『魔女の1ダース』（新潮文庫）で講談社エッセイ賞、2002年、『嘘つきアーニャの真っ赤な真実』（角川文庫）で大宅壮一《おおやそういち》ノンフィクション賞、2003年、『オリガ・モリソヴナの反語法』（集英社文庫）でBunkamuraドゥマゴ文学賞を受賞。

「前のめりに驀進する」と井上ひさしさんが評したのは、万里さんの言葉の力強さを指してのことですが、「書くこと」に打ち込む姿にも、同様の迫力がありました。といって、気負いが先走ることは決してなく、笑いと皮肉を交えた心の余裕を失うことはありませんでした。

没後10年にちなんでアンソロジーが編まれたほか、出版社7社が新刊・既刊の文庫16冊に共通の帯を巻いてフェアを大きく展開しています。帯には「心に効く愛と毒舌」という惹句《じゃっく》が付いています。先日、八重洲《やえす》ブックセンター本店で開かれた回顧展に立ち寄ると、たくさんの来場者が万里さんゆかりの展示物に見入っていました。いまだに多くのファンが、彼女のことをもっと知りたいと思っている様子です。

それにはうってつけの1冊です。面白くて、あっという間に読み終わってしまいそうで、それが唯一の心配でした、もったいない……。ところが案に相違して、途中からゆっくりしたテンポになりました。

というのも、ありし日の万里さんの面影を、ついあれこれと思いめぐらせ始めると、いつの間にか心がページを離れたからです。とりわけ初めて万里さんに会った頃の面影です。彼女は東京外国語大学を卒業後、いったんは小さな出版社に勤めましたが、1年後に東大の大学院生としてまた学生の身分に舞い戻り、ロシア文学の勉強を続けていました。3歳年少の私は、同時期に学部生として同じ研究室に在籍しました。40年も前ですが、本書のおかげでいろいろな場面が甦《よみがえ》ります。

〈歯切れの良いエッセイを書き、テレビのコメンテーターとして、なにものをも怖れない大胆な発言をする万里を知る人には意外に思えるだろうが、姉は怖がりだった。

怖がり、というのは正確な言い方ではないかもしれない。姉は決しておどおどした子ではなかった。日本の学校にいるときも、みんなの前に出て自分の作ったお話を披露したり、学芸会で自己流のバレエを延々踊ってしまうようなこどもだった。東京でもプラハでも、遊ぶときは仲間のリーダーシップをとる積極的な性格だ。ただ、新しいこと、未知の体験に対しては、おじけづいた〉

この姉妹は、食いしん坊であるのが共通点ですが、未知の食べものに対する態度は対照的でした。勇猛果敢な著者に対し、「知らないもの、食べなれないもの」には非常に慎重な姉。「ちょっと怖《お》じけて、二の足を踏んだ」という性格は、自らの進路をめぐってもそうでした。

それでハタと思い出す表情があります。米原さんといえば、豪快、大胆の姉御肌で、いわば怖いものなしのゴッドマザー的存在と見られました。とくに亡くなる前の10年ほどは、そういうの〝迫力〟と〝大物ぶり〟が代名詞でした。ところが、大学院生時代の彼女には、そういう印象は希薄です。人が良くて、派手で大柄（化粧もファッションも目立つし、体もグラマー）ではあるけれど、むしろ繊細で、どこか不安そうで、さびしがり屋の表情が強く印象に残っています。

授業にほとんど出なかった私なので、彼女と接する機会はまれでした。ですから、偏った印象かもしれません。たまに研究室に顔を出す程度の学部生と、社会人から復学してきた大学院生。完全にすれ違っても不思議はないのですが、小さな学科だったおかげで、自然と口をきくようになりました。誰かに教えられて、彼女のバックグラウンドも聞いていました。

父親が日本共産党の幹部で、衆議院議員の米原昶《いたる》氏。その関係で万里さんは9歳の時から5年間をチェコスロバキア（当時）の首都プラハで過ごし、そこのソビエト大使館付属学校（社会主義圏の一種のインターナショナルスクール）に通いました。だから、ロシア語が「ダンチにできる」のも当然なのでした。

そんな彼女と、どういうきっかけだか、日本の現代詩や小説の話、あるいは作家のゴシップなどを時折しゃべるようになりました。研究室のソファで寛《くつろ》いだり、地下鉄の最寄駅まで歩いて行く間です。当時、私は日本の文芸誌を毎月あらかた読んでいました。彼女に訊《たず》ねられるままに、面白い作家や作品、評論家の目新しい論考などの感想をしゃべりました。

日本の近代小説はつまらない、陰気で独りよがりで、ユーモアがなくて……と、万里さんは絶えずご立腹でした。たしかにお説はごもっともだが、日本の文学の裾野《すその》はもっと広いし、新しい作家も登場している、とこちらも限られた知識で応《こた》えていました。そんなある時、ふと真剣な表情で「いろんな本をたくさん読んでいるのね」と言われました。それまでと急に違う、ちょっと思いつめた口調だったので、妙に心に残りました。

きっと日本を離れていた時間が長いので、そのブランクが気になるのだろうな、と想像しました。知らない本、読んでいない本があったとしても無理はありません。日本の文学、文化に対して疎外感を抱いたとしても、むしろ当然のことでしょう。

思ったのは、この人はたしかにロシア語は「ダンチにできる」かもしれないが、「自分の居場所を探しているんだな」ということでした。大学院で19世紀のロシア文学を学んでいましたが、研究者としてそれを一生続けたいと思っているふうでもなく、自分は何をしたいのか、進路をどうすべきか、考えあぐねている印象でした。それは、私にしても、似たり寄ったりの状況でしたが……。

本書を読んでいると、当時の万里さんのイメージがありありと甦ってきます。その頃北海道大学に進学していたユリさんに宛てた手紙が紹介されています。手紙に添えられた万里さんの詩が意外です。

「ういしゅる」の愛称で呼んでいた妹の帰京を待ち望む詩——中原中也《なかはらちゅうや》ばりの「ういしゅる帰る日の歌」です。

〈ういしゅる帰ると聞いた日にゃ
足どりかろやか胸踊り
歌も飛び出る口もとは
知らず知らずにほころんで
冷い冬の太陽も
いつしかやさしくほほなでて
無情なはずの北風も
陽気に陽気にささやくよ〉

こんな調子で続いていく、とてもリズミカルな作品です。こういう詩を書く人だったのか。まったく気づかなかった横顔です。文学作品を論じる際に、マルクス主義文学論の公式的な、紋切り型表現がいきなり飛び出すような人でもありました。こんなにやわらかな言葉を自在にあやつり、メルヘン的な詩を書く人だと知れば、もっと違った話をしていたでしょう。

おそらく、この詩の延長線上にこそ、彼女の果たせなかった本質的な仕事——56年の生涯では時間が足りなくてやり遂げられなかった、もっと別の可能性があったに違いありません。それを妹のユリさんは、誰よりも愛惜しているように感じます。

私が大学を卒業したのと同じ年に、修士課程を終えて大学を去った万里さんと、次にばったり出会ったのは地下鉄の銀座《ぎんざ》駅でした。せわしなく移動している最中で、彼女も大きな書類の束を抱え、どこかへ急いでいる様子でした。「どうしてる?」と近況を尋ね合い、「たまには会わない?」と言った万里さんは、通訳という仕事にハリを感じている表情でした。

その後は、めざましく活躍の場を広げていく万里さんに、原稿を依頼したり、対談に出てもらったり、いま中公文庫に入っているエッセイ集(『真夜中の太陽』、『真昼の星空』)にまとめられる雑誌連載を依頼しました。気持ちのいい仕事でした。ただ、本質的な意味で、編集者として彼女に向き合う機会はありませんでした。活躍する彼女の姿を脇から頼もしく見てはいましたが、お互いテレもあって、彼女の根っこの部分について議論することはありませんでした。

読みながら、ふっと悲しみがこみ上げました。彼女をもっともよく知るユリさんが、姉と対話するように綴った断章には、神様がもう少し時間を与えてくれさえしたら、おそらく私たちが出会えたはずの万里さん生来の詩的な内面が表れています。万里さんの心の奥にあったこの資質がいずれは開花し、作品として結実する日が来るはずだと、ユリさんは期待し、信じていました。

姉に負けず劣らずの巧みな語り口。読者をなごませながら鮮やかに、本書は米原万里さんを甦らせます。よく知られた万里さんではなく、私たちにはまだ見えていなかった米原万里の魂を近しく感じさせてくれる1冊です。

（№677　2016年6月2日配信）

帰国子女のハシリが米原さんでした。日本の中学、高校の授業はつまらない、特に国語はなぜあんなにも退屈なのか、と真顔で聞かれたことがありました。型にとらわれない、無類の本好きは、それゆえに誕生したのかもしれません。書評家として本の魅力の伝道師になったことは、彼女の偉大な功績のひとつです。

「マー君ちょっといいかな」

『夜中の電話――父・井上ひさし 最後の言葉』井上麻矢

（集英社インターナショナル）

自分たちは親に見放された、親のかすがいにすらなれなかった――18歳の時に、突然、両親が離婚します。それまで何不自由なく育った3人姉妹は、いきなり人生の荒波の前に放り出されます。母は家を去り、父はほとんど家に帰ってこなくなりました。きちんとした説明はなく、ほどなくそれぞれが再婚します。子どもたちは傷ついた心を抱え、自分たちの身の置き所を探さなくてはなりません。

〈生活環境はがらりと変わってしまい、明るかった性格が一変して、私は内向的になった。そして一番楽しいはずの青春を楽しいと思えないまま過ごした〉

三女で母親っ子だった著者は、父に反撥《はんぱつ》し、憎み、拒絶しながら、20年近く疎遠な関係を続けます。けれども、それだけになおのこと、楽しかった時代の家族の思い出を決して手放してはいけない、と頑《かたく》なに思っていたのも著者でした。結婚して二女を授かり、自らが新しい家族を作り上げる立場になった時、長く封印してきた思いの丈《たけ》を語ろうとしたこともありました。『激突家族――井上家に生まれて』（中央公論社）という最初の著作です。確執が激しく、しかも「何度もかさぶたが出来るのに、いつも中途半端に剝がれ落ち、随分長いこと傷が乾くことがなかった」（同書あとがき）という著者が、父を求める思いは切ないほどでした。

〈幼い時、私は父のことが大好きだった。けれどずいぶん小さい頃から、父に甘える術など知らないまま大人になった気がする。私が物心ついた時には、父はすでに売れっ子作家であったため、忙しくて書斎にこもってばかり、三姉妹の一番下の私には書斎という場所は聖域であり、入って行けるところではなかった。実際、机に向かって書いている父には、誰一人声をかけられなかった〉

わだかまりを抱えた父娘の関係に〝和解〟の季節が訪れるには、まだ歳月が必要でした。ところがその数年後、久々に父娘が2人で話し合う機会が生まれます。「あなたは子どもと向き合うことから逃げてきた」と厳しく父に詰め寄る娘に、「随分大人になったんだね」と父は驚きます。自分はずっと父に認められたかったのだ、と著者は気づきます。それがきっかけとなり、父に誘われ、２００９年4月、両親が旗揚げをした劇団「こまつ座」に経理担当として入ります。7月には支配人兼任に、11月には社長に就任します。それもこれも、9月に肺がんの宣告を受けた父、井上ひさし氏が、井上家の〝家業〟ともいえる劇団の将来を麻矢《まや》さんに託したいと考えたからでした。

〈抗がん剤治療のために入院している父を訪ねた際に、「こまつ座の代表取締役社長になって、こまつ座を継いでほしい」とはっきり言われた。……

その時の私に、選択肢などなかった。病床での父からの頼まれごとをできませんと言えるほど、親不孝ではない。とにかく一刻も早く父を楽にしてあげたい、そういう思いだった〉

それを機に、夜中の電話が日課となりました。抗がん剤治療をしていない日の夜11時過ぎ、スポーツニュースが終わった頃に、父から電話がかかってきます。「マー君ちょっといいかな。三十分だけ。今日はどうでしたか？　疲れていないですか？」――こうしてかかってきた電話は、明け方で終わることもあれば、朝の8時、9時まで続くこともありました。
会話の内容は、こまつ座の今後のこと、社長の心得、仕事の進め方、稽古場《けいこば》や劇場の現場のことなど。演劇の世界の大変さを、身をもって知る父だけに、新米社長を早くなんとか一人前にしなければ、と必死で言葉を尽くそうとしたのです。

〈そこには父と娘の生ぬるい感情など一つもなかった。父は娘を必要としていたのではなく、本気で自分の作品を世に出せる人間を探していたのだ〉

あまりに長時間に及ぶ電話を気遣い、「身体にさわるので、寝たほうがいいのでは」と一度口にしたところ、言下に叱責《しっせき》されました。「僕は命がけで君に伝えたいことが山ほどあるのに、どうして君は、それをきちんと受け止めてくれないのだ」――。

〈とにかく父は私に早く教え込まなければならない。時間がない。そこに甘えなど一切入り込む余地はなく、電話が終わると私の手には血豆ができていた。一言一言、父の言葉をノートに書き留めながら話を聞いていたので、その指に血豆ができてしまったのだ。受話器を当てている左耳は真っ赤になって痛かった。毎日、緊張感の中で会話は行われた〉

「一日二時間以上眠る日がなかった」と麻矢さんは語ります。「命を削ってかけ続けた電話を、私から切ることなどできなかった。私も命がけでそれを受けとめなくてはと覚悟した」。

翌2010年4月9日、父は死去。闘病中の170日間が短期集中の特訓でした。経理担当として見たこまつ座の経営は火の車。それでも「今の仕事から目をそらさないで、つらくても続けてほしい」という父親の願いを裏切ることはできません。

「自分がいなくなった後の三年間を無駄にしない。この三年間が井上ひさしの旬と心得よ。しかし、その後もこまつ座の作品は残る」

そう言って、自分の死後3年間をプロデュースしてから父は逝《い》きました。「こまつ座は劇団だから、井上ひさしの追悼は芝居でする。そういう態度で臨みなさい。一年間は追悼だから観にきてくださるでしょう。その間に借金を返してしまうのだよ。二年目、三年目には本当にこまつ座を観にきてくださるお客様が望んでいた作品をやればいい」、「三年一所懸命やったら、四年目が見えるし、四年目を一所懸命やったらば五年目が見えてくる」と。

この「命の会話」を通して、託された77の言葉を収めたのが本書です。仕事論に限らず、人はどう生きるべきか、という人生論あり、また井上さんが自責の念をにじませた自戒の言葉も含まれています。「自分という作品を作っているつもりで生きていきなさい」「問題を悩みにすり替えない。問題は問題として解決する」「逃げ道は作らない」「今の仕事がいやだからといって、それをやらずに次へ進むことはできない」――。

それがどのような文脈で語られたかを記しながら、受けとめた麻矢さんの心象も書きつけます。「あの世では、父はいろいろな虚勢、自分をごまかしていたこと、逃げてきたことに直面しているはず」と語っているように、父を偶像視するのではなく、一人の等身大の人間として伝えようとします。


〈私にとって父は人間のお手本だった。よいところも悪いところもすべて揃っている。人間らしい人だった。そんな父に触れた真剣勝負の真夜中の電話。私に語ってくれた本音の言葉はいまだに私の中に生きている〉

没後2年目にあたる2012年、生前に喜寿のお祝いとして進められていた企画の内容を変更し、「井上ひさし生誕77フェスティバル2012」と銘打って、1年をかけて8作品が連続上演されました。『十一ぴきのネコ』に始まり、遺作となった『組曲虐殺』をフィナーレとするこの一連の舞台の成功は、こまつ座にとって2度目となる紀伊國屋演劇賞団体賞をもたらします。

麻矢さんが初めて父の〝原稿取り〟をしたのが2009年の『組曲虐殺』。昭和初期、特高に殺されたプロレタリア作家、小林多喜二《こばやしたきじ》の晩年を描いた作品で、初演の時は舞台初日の4日前にようやく台本ができました。いつ送られてくるか分からない原稿を待ちながら、「電話を抱えて眠っていた」という著者をはじめ、現場が大混乱に陥ったのはいかにも〝遅筆堂〟井上ひさしらしい幕切れです。その再演は、さすがにしっかり練り上げられ、私たちも芝居の奥行きを堪能《たんのう》することができました。

「新作は世に出た途端に古典になる。すでにある作品は、再演するたび新作以上の輝きを持つ。そこが井上戯曲の面白いところ。こまつ座演劇の楽しいところ。だから新作にこだわることはない」

そうした父の言葉とはまた別に、時折さしはさまれる著者の淡々とした文章に、ハッと胸をつかれます。

〈私がシングルマザーになった後、……マッチ箱のような小さな家を建てた時、誰よりも喜んでくれたのは父である。……

「君は偉いなあ。親が本当に嬉しいのは、子どもが家を建てて、その家に招待された時だ」とわざわざ時間を作って遊びにきてくれた。

小さな家の中に入り、一番太い柱を手でとんとんとたたいて、「なかなかいい柱だ」とほほ笑んでいた。

「時々ここへ寄って、おいしいコーヒーと煙草を一服吸わせてもらおう。悪いけれどコーヒーと灰皿を買っておいてくれ」と封筒に入ったものを渡してくれた。いくら上等のコーヒーを買っても有り余るお金だった。その日はインスタントコーヒーしかなく、それを飲み、煙草を一服つけた。その煙草の吸殻を私はまだ捨てられずにいる。

そして、ゆっくりと歩いて駅のほうへ消えて行った。この後すぐに父はがんになってしまい、二度と我が家へ遊びにくることはなかった〉

もうひとつは、葬儀の際の描写です。

〈棺に入れたものはディケンズの『デイヴィッド・コパフィールド』、そしてガーシュウィンのCD、それに父が三十年もの間、律儀に芝居を書き続けた劇団の公演チラシが、献花の代わりに父の顔の周りに敷き詰められた。……

その中に紛れて、大好きだった家の前で撮った数少ない家族写真をこっそり入れた。そこには屈託なく笑っている私たち三姉妹と若き日の両親の顔がある。それも紛れもない父の生きていた証であり、私の故郷であり続ける場所でもある。記憶の中で生き続ける故郷そのものなのだ。

和田誠と安野光雅、故ペーター佐藤の各氏が描いたたくさんのチラシが燃えて、印刷の染料が父の骨に染み込んで残った。それはとてもきれいなパステルカラーの遺骨だった。淡い、まるで虹のようなかわいらしい遺骨だった〉

（No.６５９　２０１６年1月21日配信）

井上さん亡き後、こまつ座の公演はできるだけ観るようにしています。何度見ても面白いのが井上芝居の特徴です。初演の時と違うのは、役者も演出家もじっくり脚本を読み込んで、舞台に臨むことができる点です。〝遅筆堂〟主人もようやく安堵（あんど）して、自分の芝居をどこかで堪能していることでしょう。

暮しは低く思いは高く

『作家が死ぬと時代が変わる』

粕谷一希
(日本経済新聞社)

ながい間、お世話になった先輩編集者が、2014年5月30日、84歳で亡くなりました。総合雑誌がもっとも輝いていた時代に編集者として活躍し、変転する戦後の時代思潮に対してつねに批評的な問いを投げかけながら、多くの著者を励まし、世に送り出した粕谷《かすや》一希《かずき》さんです。

〈1955年に中央公論社に入社。「中央公論」編集者だった60年代、国際政治学者の高《こう》坂正堯《さかまさたか》を論壇デビューさせたほか、政治学者の萩原延寿《のぶとし》、永井陽之助、劇作家の山崎正和さんらの論文を積極掲載し、左翼全盛の論壇に現実主義的路線を打ち立てた。66年にはイ

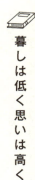

タリアで塩野七生さんと出会い、「ルネサンスの女たち」の執筆を勧めて作家デビューへ導いた。
78年に中央公論社を退社した後は、雑誌「東京人」「外交フォーラム」の編集長を歴任。学術とジャーナリズムを結ぶサントリー学芸賞には79年の創設から関わり、新進の論客発掘に努めた〉（読売新聞、2014年5月31日朝刊）

1930年（昭和5年）に東京で生まれ、15歳で敗戦を迎えました。この時、自分の中に確固としたものがなければならないことを痛感したと語っています。「自分が納得するまで、自分で自分の考え方をはっきりつかむまで、人の言うことを安易に鵜呑みにはすまい」とかたく誓ったとも述べています。

この語り下ろしの回想録には、私も聞き手の一人として関わりました。刊行直後のインタビューで、粕谷さんは次のように発言しています。

〈戦争中の新聞や軍人の言うことはでたらめ極まりなかったけど、占領軍及びそれに同調する連中の言う事が簡単に信じられるのかということですよね。時代の風潮の中で使われる言葉というのはインチキ臭いんですよね。だからといって、デモクラシーが悪いというわけじゃない。ただ、デモクラシーであれば人間の社会は万々歳かというとそうでもなくて、ある若い世代に保田與重郎が好きな人間がいて、「戦後の教育はデモクラシーということだけ教えたけど、人間の高貴さについては教えてくれなかった。保田與重郎の書いたものにはそれに対する答えがある」と言うんですね〉（週刊読書人、２００６年12月1日）

保田與重郎《やすだよじゅうろう》を知らない世代がほとんどの現在では、この発言のニュアンスは伝わりにくいかもしれません。古来の日本人の根幹をなしてきた誇りや品格、美徳、公に対する倫理観などを、ここで粕谷さんはシンボリックに語りたかったのだと思います。これを要するに、戦前・戦中を支配したファナティックな主張に対してはリベラリズムの寛容さを、逆に戦後ジャーナリズムでもてはやされた進歩的言辞に対しては根源的な懐疑を呈するところに、氏の思想的な営み、人生を貫くバックボーンがあったといえるでしょう。

とまれ、粕谷さんのなし遂げた業績や人となりについては、今後の本格的評価に譲ることにして、ここでは個人的に、ささやかな思い出を述べて、「総合的な知」を夢見た一人の先輩を偲《しの》びたいと思います。

そもそも、この人のコラムを読まなければ、雑誌の編集者なるものに興味を抱いたのかどうか、というような〝出会い〟がありました。あるところで、たまたま目にした創刊間もない1冊の雑誌。そこに掲載されていた見開き2ページのコラムが、粕谷さんとの出会いでした。

見知らぬ筆者の肩書きは「中央公論編集長」でした。たまにしか手にすることのなかった総合雑誌の編集長が、どういう目配りで世の中を捉《とら》えているのか。哲学、歴史、文学から社会科学全般にわたり、どういった関心領域を持ち、日々どういう人たちと接しながら、誌面を構成しているのか――「状況'75」と題するコラムに描かれた「時代精神」のスケッチを通じて、雑誌編集者の知的生活を次第に興味深く感じるようになりました。

いま、そのコラムをほぼ40年ぶりに読み返して、まず驚かされます。「状況'75」というのは通しタイトルで、1975年3月号の初回は「地鳴りの中で」という題がついています。「川崎市を中心として関東一円に大地震の警告が発せられている」という書き出しで、「映画『大地震』は満員の盛況である」と続きます。そして、

〈地震ほど嫌なものはない。ある程度の予測がついても、われわれはこれまでの日常的な営みをやめるわけにいかない。……軌道修正は難しいのである。しかし災害がやってくれば、われわれの日常性は吹き飛ばされ、列島の亀裂は日本の社会の亀裂となってその回復には膨大なエネルギーと歳月を要するだろう。

そうしたことを予感しながら、われわれは生きている。いわば足許の大地が絶対安定、安全だという前提を内心では疑いながらも、安定し安全であるかのように振舞っている――〉(「選択」1975年3月号)

小松左京《こまつさきょう》の『日本沈没』(1973年)以来、大規模災害への社会的不安が広がっている時代でしたが、まさか「3・11」を経た2014年に、こんな文章に〝再会〟するとは思いもしませんでした。論旨はそこから、60年代～70年代の日本、および世界の政治・経済・社会の〝地殻変動〟を概観します。そして直近の大きな出来事――日米のジャーナリズムが引き金となった2つの政治スキャンダル、すなわち「ワシントン・ポスト」の若手記者2人によるウォーターゲート事件の追及と、「文藝春秋」の「田中角栄研究～その金脈と人脈」による政界の激震に触れながら、時代状況はますます流動化の一途をたどっていると論じます。人は「誰しも見通しのつかない不確実性の中に立っている」と。

〈ある賢人は、人間を expendable hero と professional survivor に区分してみせた。賢人は陰に隠れるか逃げ出すことしかないかもしれない。しかしはたして今日のような世の中で逃げ切れるものかどうかは疑わしい。

もし押し出されて責を負う立場に立たされてしまったらどうしたらよいのか。事態の進展を最後まではっきりと見据えてゆくより方法はあるまい。

〝夢もなく、怖れもなく〟

とは、遠くルネサンス人の諺に言っていることである〉（同）

ぼんやりとその日その日を過ごしていた大学生には、じゅうぶんに刺激的な文章でした。おとな感覚の人間洞察、悲劇性の予感、そして歴史に対するまなざしがとりわけ新鮮でした。以後、「魔女狩りの群」、「技術的知性の彼方へ」、「ある種の頽廃について」と書き継がれていき、7月号は、流行作家・梶山季之の〝憤死〟から書き起こされる「高度成長の文化的後遺症」です。

〈神技に近い量産と生活の膨張とビッシリ詰ったスケジュール。流行作家、タレント、政治家、経営者、官僚、集団のリーダー、およそこの高度成長期に関与した人々の過去十数年間の生活は、多かれ少かれ、似たような相貌を帯びてはいなかったろうか。ウナリを立てて廻転してゆく社会はたしかに日本を変えた。経済大国日本は出現した。しかし、達成した価値の裏側で失われた価値は何であったのだろうか〉

こう述べたところで、池田《いけだ》内閣のブレインであった下村治《しもむらおさむ》氏の経済哲学（最近また見直されていますが）や、「停滞的英国」への憧憬《しょうけい》を語ってやまなかった歴史家・萩原《はぎはら》延寿氏のこと、『産業社会の病理』（中央公論社）を著した気鋭の社会経済学者・村上泰亮《むらかみやすすけ》氏の所論に触れた後、次のように記します。

〈フロウとストックということがよくいわれる。フロウの膨張で二十日鼠のように回転していたのが、成長期の日本人ではなかったか。知的ストックは、よく耕され、栽培され、発酵させられなければ成熟したものとはならない。……

私はなぜか、敗戦直後発刊されたアテネ文庫の「生活は貧しくとも志は高く」という発刊の辞をなつかしく思い出す〉

40年前の指摘は、言うまでもなく、そのまま今日のテーマです。粕谷さんの先見性を物語るものなのか、それとも日本という国の問題解決能力の限界を示す例証なのか――はさて措《お》き、引用されたフレーズは、言うまでもなく英国の代表的ロマン派詩人ワーズワースの“plain living, high thinking”です。

私に初めてこの言葉を教えてくれた人は、「暮しはつましく、思いは高く」と訳しました。アテネ文庫の発刊の辞は、粕谷さんが敬愛してやまなかった西洋史学者の鈴木《すずき》成高《しげたか》さんの手になると言われます。いわゆる京都学派のひとりとして、大東亜戦争を「世界史の哲学」の立場から合理化した〝戦犯〟という判定を受け、京都大学を追放されました。その鈴木氏が、戦後、〝出版人〟として世に送り出したシリーズのひとつが、アテネ文庫でした。

粕谷さんと最初に会った頃、このフレーズが話題にのぼったことがありました。おそらく鈴木成高さんのことをお聞きしていた時だと思います。不思議な縁《えにし》を感じるのは、私がつい先日まで編集長を務めた雑誌「考える人」の創刊理念がこの詩句によっているという事実です。「シンプルな暮らし、自分の頭で考える力。」という訳語をあてていましたが――。

〈考えてみると、鈴木成高氏は歴史家であり歴史思想家（もしくは歴史哲学者）であっただけでなく、卓越した出版プロデューサーではなかったかという想いが近年になってますます強まっている。それはおそらく京都大学を追われたことも作用したものであろう。

……

――明日の日本もまた、たとい小さくかつ貧しくとも、高き芸術と深き学問とをもって世界に誇る国たらしめねばならぬ。「暮しは低く思いは高く」のワーヅワースの詩のごとく、最低の生活の中にも最高の精神が宿されていなければならぬ――。

アテネを範として明日の日本を考えていた鈴木成高氏の悲劇は、今日から眺めるとき、最高のアイロニーの表現となっているが、アテネ文庫を手にした当時の学生たちは、まことにその通りだと考えていたのである〉（粕谷一希「鈴木成高と歴史的世界」、「創文」1998年8月号）

ここに述べられた「卓越した出版プロデューサー」という献辞を、いま粕谷さんにも捧《ささ》げ、謹んでご冥福《めいふく》をお祈りいたします。合掌。

（No.590　2014年6月5日配信）

この人のコラムに出会わなければ、実際、編集者という仕事には就かなかったかもしれません。最初に御宅を訪ねた時の緊張感は、いまでも忘れられません。ところが粕谷さんの印象はだいぶ違っていました。私が「ろくすっぽ大学には行かないで、部屋に寝転がってミステリーの類ばかり読んでいた」とヌケヌケと話していたというのです。緊張のあまりそんなことを口走ったのでしょうか。

Ⅳ 家族を考える

秘められた「祈り」

『小倉昌男　祈りと経営 ――ヤマト「宅急便の父」が闘っていたもの』森健（小学館）

親炙《しんしゃ》、といってもいいくらい小倉昌男《おぐらまさお》さんを敬愛していた友人がいました。小倉さんが2005年6月に80歳で亡くなる3年前、彼は49歳でこの世を去りました。名著『小倉昌男経営学』（日経BP社）に感銘を受け、勤務先である日本経済新聞の「私の履歴書」（2002年1月）の連載を強力に推進したこの友人が、本書を読んだらどういう感想を述べるだろう？　きっと小倉さんに対する一層の親愛感を語ったに違いない、と思うのです。

この1週間ほどは、「東日本大震災から5年」にちなむテレビ番組や特集記事を、たくさん目にしました。被災地や被災者のその後の物語には、たいてい予期せぬ発見が含まれています。ふと見始めたテレビ番組を、結局、最後まで見てしまいます。震災後間もなくの現場を歩いた時の光景が、あれこれ瞼《まぶた》に浮かんできて、5年の歳月が長いのか短いのか、心が行ったり来たりを繰り返します。

そんな時間が流れている時に、この本と出会いました。書店の平台で見た瞬間、小倉さんの穏やかな風貌《ふうぼう》の向こうに、被災地の中を突き進む、1台のトラックのイメージがせり上がりました。「すごいな。すごい写真ですね」という糸井《いとい》重里《しげさと》さんの声がダブります。

2011年3月24日の朝日新聞に掲載された写真。震災発生の数日後から救援物資を届けるために、ヤマト運輸の社員たちは自発的に配送を始めました。津波に押し流された瓦礫《がれき》で道路はふさがれ、ただでさえ通行が困難な上に、あたりの光景は変わり果てていました。いまどこを走っているのか、届ける先はどこにあるのか。地元を熟知した人でも呆然《ぼうぜん》とするしかない状況でした。その中を走る「クール宅急便」のマークが、何と凜々《りり》しく頼もしく映ったことか……。

糸井重里・ほぼ日刊イトイ新聞による『できることをしよう。――ぼくらが震災後に考えたこと』（新潮社。現在、新潮文庫）を作った際に、表紙にこの写真を使ったのは、ごく自然な成り行きでした。冒頭に収録された木川眞《きがわまこと》ヤマトホールディングス社長（当時）と糸井さんの対談には、「クロネコヤマトのＤＮＡ。」というタイトルがついています。あの時世間を驚かせたのは、被災地復興のために、「宅急便ひとつに、希望をひとつ入れて。」という新聞広告を4月11日に掲載したことです。「宅急便1個につき10円の寄付」を行います、と。「なぜ、そんなすごいことができるんですか?」と糸井さんが聞きました。「それは、うちの会社のDNAですよ」「しみついているんです、社員のからだに」と木川社長。寄付を全額無税にするために、その時受け入れ先となったのが、小倉昌男さんのつくった「ヤマト福祉財団」でした。

前代未聞のこの寄付の話は、本書『小倉昌男 祈りと経営』の中でも取り上げられています。宅急便の年間取り扱い量が約13億個。1個につき10円として、それに「ヤマト福祉財団」からの直接の寄付を合わせると、総額142億8448万751円。ヤマトグループの前年度純利益の約4割に相当する額です。英断を下した木川社長の心中は、4年後のインタビュー記事(プレジデントオンライン、2015年4月7日)で明かされています。

〈震災に遭遇したのは未曽有の〝ピンチ〟ではありましたが、社員に対して平素からいっていた「世のため人のため」「サービスが先、利益は後」という理念経営を具体的な形で見せる機会でもありました。……大きな決断にあたっては、「小倉さんだったらどうするだろう」と考えるのです。「小倉さんなら、今の環境の中、何をするだろうか。震災直後のこの状況だったら、小倉さんも宅急便1個につき10円の寄付をきっと認めてくれるだろう」と自分に言い聞かせているところはあります〉

小倉昌男は「宅急便の父」「行政の規制と闘った男」「名経営者」として知られるだけでなく、会社経営を退いた後は、巨額の私費を投じてヤマト福祉財団を創設し、福祉の現場に経営感覚を持ち込み、障害者の自立のためのベーカリーのチェーンをつくる（障害者の月給を1万円から10万円に上げる）など、さまざまな功績を残しました。その一方で、寂しがり屋でお茶目な一面や、妻とともにあちこち旅をし、俳句を楽しみ、義太夫《ぎだゆう》を語り、敬虔《けいけん》なクリスチャンとして日曜日には教会で祈りを捧《ささ》げ（妻と同じカトリックに改宗する際は、2年間、1日も欠かさず毎朝7時に夫婦で礼拝に通った）……というように、誠実で清廉な人柄が慕われていました。

本書の著者もまた「ビジネスの戦略家としても、大組織の長としても、あるいは、引退後に福祉に力を入れたことなど、どの角度で見ても、すばらしい人物であろうと想起された」と認める通りです。ただ、何冊も書かれた小倉の人物論や小倉自身の著作を読んでも、「どこかもやもやする部分」が残ってしまう、と著者は感じていました。「なぜなのかを考えると、どうしてもわからなかったことが三つほどあった」と。

『小倉昌男　祈りと経営』

1つ目は、「退任後、なぜ彼はほとんどの私財を投じて福祉の世界へ入ったのか」という動機の部分です。財団設立時、準備室に三越の紙袋を2つ、両手に提げて入ってきた小倉は、「これを頼むよ」と無造作に置いていったというのです。そのまま帰路についたスタッフが、さすがに中身のことが気になり引き返すと、中にはヤマト運輸の株券2000枚（1000株単位なので200万株）が入っていました。当時の株価は1240円なので、24億8000万円の有価証券がむき出しのまま置かれていたのです。「株なんて、ただの紙切れだから」と当人が思っていたとはいえ、度肝を抜かれる話です。それだけに動機が気になります。

〈会社経営を離れたら何をするか。お世話になった社会への恩返しに、福祉の仕事をしたいと思った。……設立の目的は、心身に障害のある人々の「自立」と「社会参加」を支援することである。

身近に障害者がいたとか、特別な動機があったわけではない。ただ、障害者は同じ人間として生まれながら、自分の責任ではないのにハンディキャップを負っている人が多い。日ごろ、お気の毒だなと感じていた〉（小倉昌男『経営はロマンだ!』日経ビジネス人文庫）

他の著書でも似たような、いたってあっさりとした説明です。最終的に私財46億円をポンと投じたにもかかわらず、「特別な動機」がないというのは、やはり不可解だと著者は疑問を抱きます。

２つ目は小倉の人物評です。外部の目で見た印象と小倉自身の自己イメージには、かなりのギャップがあるという点です。理不尽な官僚相手に闘った「論理と正義」の勇士のはずが、「実際は、自分でも情けなくなるぐらい気の弱い人間だ。ケンカっ早いどころか、むしろ、何か言いたいことがあっても遠慮して引いてしまうことのほうが多い」「私は気が弱い。おまけに引っ込み思案で恥ずかしがり屋である。そのため人前でしゃべるときにはたいへん緊張してしまう。そんな自分の性格がとても嫌だ」という自己分析。この隔たりは何なのか？

３つ目は、最晩年の行動です。末期がんに侵された高齢の身であるにもかかわらず、アメリカの黒人男性と結婚し、４人の子どもとともに一家でロサンゼルスに住んでいた長女のもとで、最期を迎えたという理由。渡航のリスクを顧みず、なぜアメリカまで行ったのか？

いったい本当の小倉昌男とは、どんな人物だったのか？

こうした小さな疑問を糸口に、関係者の取材を進めるにつれて、思わぬ話に発展します。愛妻の死による心の空隙《くうげき》を埋めるために、あるいは敬虔なクリスチャンらしい博愛精神から障害者福祉に関わっていったというこれまでの通説を揺るがす新たな事実が明らかになります。

宅急便事業を軌道に乗せ、「動物戦争（クロネコ、ペリカン、カンガルー、ライオン、パンサー、つばめ、小熊などのキャラクター合戦）」と呼ばれた同業他社との熾烈《しれつ》な競争に勝利をおさめ、運輸省との闘いや、資金調達をめぐる社内問題も克服し、「スキー宅急便」「ゴルフ宅急便」「クール宅急便」など新しい商品の開発でも快進撃を続けた表の顔とは裏腹に、家庭内に抱えた深刻な問題で、翻弄《ほんろう》され、苦悩し、ひたすら忍従するしかなかった日々の様子が、次第に浮かび上がります。

本書で驚嘆するのは、巧みな構成力とストーリーテリングの鮮やかさです。夫として、父としての小倉の知られざる内面が徐々に輪郭をあらわし始め、ついには誰もが知り得なかったワンピースが最後に埋められていくスリリングな物語の展開です。関係者の信頼を勝ち取りながら、この劇を鮮やかに組み立てていった取材力と筆力は見事です。およそ考え得るかぎりの当事者には、すべて直接会って話を聞き、彼らの支援のもとに本書が書かれた――そのこと自体が、偉業です。そして圧巻は、何と言っても妻と娘に関する記述です。

「小倉さんにとって、真理さんはアキレス腱だったんです。真理さんがわがままを言い、小倉さんがその面倒を見る。玲子さんは振り回される。そういう関係がありました。彼女の存在なしに小倉さんは語れないんです」（元秘書の証言）

「真理」は長女、「玲子」は妻。妻と娘は衝突を繰り返し、妻は精神的に追い詰められます。

〈わがままな娘とそのわがままをけっして叱らない父。平時の小倉、ビジネスの小倉、論理の小倉をよく知っている人ほど、その違和感は際立った〉

ここからの展開は、本書が詳しく述べるところです。近しい人たちが次々に胸襟を開いて語ります。妻亡き後、晩年の小倉を支えた女性からも機微に触れる証言を聞き出します。そしてアメリカに住む長男と会い、最後にどうしても会わなければこの物語にピリオドが打てない長女との対面が、クライマックスに用意されます。

偶像破壊でも、事実の単なる暴露でもなく、小倉昌男という傑出した人物の心の襞《ひだ》に触れる真実が惻々《そくそく》として胸に迫ります。

〈〈冬草や黙々たりし父の愛〉（富安風生《とみやすふうせい》作、引用者註《ちゅう》）

「小倉さんの人生を思うとき、僕はついこの句を思い出してしまうんですね。じっと我慢して愛情を注いできた父の姿。そうして尽くしてきたのが小倉さんの人生だった。さらにもう一言言わせてもらえば、娘だけではなく、いろんな人に対して、父のように静かに尽くしてきた。小倉さんはそういう人でした」〉

傍で見つめてきた人が語った偽りのない感懐です。

小倉のひそやかなメッセージを、アメリカの神学者ラインホルド・ニーバーの言葉に読もうとする人もいました。「ニーバーの祈り」として知られる有名な言葉があります。

〈神よ
変えることができるものについて、それを変えるだけの勇気をわれらに与えたまえ。
変えることのできないものについては、それを受け容れるだけの冷静さを与えたまえ。
そして、変えることのできるものと、変えることのできないものとを識別する知恵を与えたまえ〉

座右の銘はと問われたら、「真心と思いやり」だと小倉さんは語りました。本書によって、その内なる勇気に、ほんの少し近づけたような気がします。

（No.667　2016年3月17日配信）

荒法師と呼ばれた土光敏夫（どこうとしお）氏のような経済人を予想していたら、違いました。柔和で、ボソボソ話す人だったのに驚きました。謙虚で、思考は緻密（ちみつ）で論理的な、実務肌の人でした。著作は人に頼らず、すべて自分で書きました。『小倉昌男　経営学』はいま読んでも学ぶところの多い名著だと思います。

しとはしと、おまいはおまい（人は人、お前はお前）

『秋山祐徳太子の母』

秋山祐徳太子
（新潮社）

　久しぶりにその雄姿を仰ぎました。２０１５年2月6日に帝国ホテルで開かれた「赤瀬《あかせ》川《がわ》原平《げんぺい》さんを偲《しの》ぶ会」の会場です。ランニングシャツの胸に「ダリコ」の文字を貼り付けて（元々はグリコだったのですが）、短パン姿、白手袋、日の丸を背負ったおなじみの衣裳での登場です。１９６０年代後半に、この姿で銀座の大通りを駆け抜けて、現代美術家、秋山祐徳《あきやまゆうとく》太子《たいし》の名は耳目を集めます。氏の代名詞となった芸術行為《パフォーマンス》＝「ダリコ」のお披露目です。
　この日もこの姿で登場するなり、「俺、80歳だぜ。美術界よどうにかしろ」と会場を沸かせます。にこやかな笑みを浮かべた赤瀬川さんの遺影が、後ろから見守っている構図が愉快です。

笑いの絶えない「偲ぶ会」でしたが、たしかに著者は今年80歳。最近はこういうバカバカしいことを大マジメにやる人がいなくなったナ、と妙に感じ入りました。「能ポン」なる芸術行為にしてもそうでしょう。

……という前に、ひとつお断りしておくと、本書の基調言語は江戸弁です。著者のお母さん、つまり今回の主人公は、先祖が湯島で大店《おおだな》を構えていたという生粋の江戸っ子で、現在の港区芝《みなとくしば》の生まれ育ち。小気味のいい江戸弁が魅力です。「あのひと」は「あのしとり、「ひどいこと」は「しどいこと」で、「お前」は「おまい」です。息子である秋山さんもヒとシが使い分けられないのは母譲りで、本書は会話も地の文も、すべて「女のしと」、「親戚のしとびと」で統一されています。

したがって、「ダリコ」に負けず劣らずバカバカしくて、下町庶民的な「能ポン」も、「私の表現行為のしとつ」として紹介されます。どういうものかといえば——、

〈カーキ色の兵隊服にカーキ色のヘルメットを冠った私が、能の摺り足でしばし舞ってみせた最後に、「よーッ、ポン!」と、口の中に入れた右の人差し指で左の頬の内側を弾かせ、小鼓の音までを演じてしまうというもので、子供の頃に見た大道芸人の、ニワトリが卵を産む際の擬音の作り方の応用でもあった〉

大のオトナがこれを芸術と称して真剣にやるから面白いのです。１９６０～70年代のエッジの立った作家の一人が著者でした。既存の権威や価値観を覆す「ポップ・ハプニング」と称する奇抜なパフォーマンスや、独特なブリキ彫刻がおはこです。そのお方にこんな素晴らしいお母さんがおられたとは、部外者は想像すらしませんでした。

大のご自慢であり、憧《あこが》れの人でもあった母上との「心豊かな極上の日々を活写」（帯の言葉）したのが本書です。生まれてすぐに父と兄を亡くした著者は、以来60年におよぶ母１人、子１人の生活を続けます。息子が母の再婚を心配すると、「あたしが嫁さんに行くわけがないだろ。おまいがいて、天下の母子家庭の見本を作ってみせようとしてるとこなんだから」と断言します。戦中戦後の困難な時代も、サッパリとしたお互いの信頼感で、息を合わせて乗り切ります。

女手ひとつで育てるために、母は花柳界の町、新富町《しんとみちょう》にお汁粉屋を開き、「下町の動く人間ポップ・アート」とも言うべき芸者さん、駄菓子屋、ブリキ屋、イカケ屋など、ポップでキッチュな素材が充満している環境で、著者はのびのびと育ちます。後年の表現の原点はここに形成されたと言えるでしょう。

とりわけ母親の面白がり精神は、著者の潜在能力を引き出します。ある時、美大の仲間からハガキが届きます。母親は表書きに関心を示します。

〈「この、秋山祐徳太子様、てのは何だい？」

「ああ、それは祐徳、て名前からの連想で、聖徳太子のパロディだね。最近、学校ではデン助じゃなく、面白がってこう呼ぶ連中が多くなったんだよ」

「まさかおまい。……聖徳太子の恰好をして外を出歩いたりするつもりじゃあるまいね」

「あ、そりゃ面白い。思いもしなかったけど、いずれそういう芸術行為があってもいいよね。祐徳太子、聖徳太子に扮す、か」

「言っとくけど、あたしゃ一緒に歩かないよ、絶対に。そりゃ恥ずかしいよ」〉

こうして明らかにそそのかされ、息子は内なる芸術家に目覚めます。

「やだね、この子は。恥ずかしいったらありゃしない」と息子の傑作エピソードを得意になって、吹聴《ふいちょう》するのが母の楽しみ。映画館でニュース映画に宮城（皇居）が出てくると、観客席に立ち上がった息子が直立不動になって、「天皇陛下万歳！」と叫んだ話がお気に入り。何かといえば、「ほら祐徳、万歳しろ」とけしかけて笑っているのが母でした。


ともかくお母さんの胸のすくような言葉と個性が、圧倒的な魅力を放ちます。息子の成長を見守りながら、ここでそう言うか、と感嘆するような切れのいいセリフ。片親だからといって馬鹿にされようものなら、母は息子に言いました。「いいかい祐徳、たとえ負けようが、喧嘩しなくちゃならない時には、ちゃんと喧嘩するんだよ」。

高校受験で弱気を見せると、「撃ちてし止まん、だよ」、「撃って撃って撃ちまくるのだ、ハッハッハッ」と笑い飛ばし、芸大受験に怖れをなすと、「そんな弱腰でどうするッ。二十倍がたとい三十倍になったって、撃って撃って撃っても止まずに、さらに撃ちまくってから止むを得ず止んでみせればいいじゃないか」と活を入れます。三年続けて受験番号1番を獲得してみせると、「おまいらしい」と面白がります。

美大の卒業制作に悩んでいると、「オリジナリティ、てのは、おまいらしさ、てことかい？　だったら他人《しと》が絶対に作らないようなバカげた面白いものがいいんじゃないの？」、「おまい、よく言ってるよね、下町芸術、て。トタンやブリキで彫刻を作るなんてのは、いかにも下町芸術家のようで、おまいらしい気がするね」。こうして巨大なブリキのバッタが誕生します。

これだけでは教育ママのはしりと誤解されそうですが、自分の理想を押し付けるのとはまるで対極です。ここまで息子を全肯定できるかと驚嘆するほどの接し方です。60年安保闘争で熱を上げているのを脇に見て「あたしゃ、おまいを信じてるから。やるときゃやるのが男、てものさ」と言い、1969年、「万博破壊共闘派」と称して、仲間と京都大学のバルコニーで全裸になって、公然猥褻《わいせつ》物陳列の容疑でお縄になりそうと知ると、「人殺しや強盗をやらかしたわけじゃなし……大して立派なもんじゃないにしても……堂々と出したんだったら、堂々と捕まってみせな」と尻《しり》を叩《たた》きます。

そしてハイライトは何と言っても、1975年に東京都知事選に「泡沫《ほうまつ》候補」として出馬を考えた時です。母は見透かしたように、「それでなんだろ、おまいも桃太郎をやってみたいんだろ」、「ほら、いたじゃないか、おまいの呑み友だちで区議になった煙突男の桃太郎が。おまいは都知事選挙でその桃太郎と似たこと、いや、それ以上をやらかしてみたいんだろ」。

供託金のことを気にすると、「それくらいの額なら、あたしの生命保険を解約すりゃ済むこった」、「なに言ってる。あたしとおまいは母子《おやこ》だろ、親に遠慮なんてするな！　……思いっきりやってみりゃ、おのずと将来の道も開けるというもんだ」、「なんだかワクワクしてくるねぇ」と。

こうして秋山祐徳太子は、3選をめざす美濃部亮吉《みのべりようきち》、石原慎太郎《いしはらしんたろう》の2大有力候補の「保革大激突の谷間に、政治による芸術行為の花を、あえかにでも一輪咲かして」みせようと旗を掲げて戦います。

〈そして告示の日。母は火打石をカッカッとやって送り出してくれた。下に出てふと振り返ると、母が家の三階のベランダに出て手を振ってくれていた。四十にして立つ勇気がふつふつと湧いてくる思いがした〉

結果は、美濃部氏が石原氏を破って3選を果たし、著者はなんと赤尾敏《あかおびん》氏（大日本愛国党総裁）に次ぐ第5位の得票という大健闘。ちなみに、この選挙での誤記投票ベスト3は、美濃部達吉（亮吉氏の父上、いままた注目の「天皇機関説」の憲法学者）、石原裕次郎、秋山聖徳太子の順で、こちらは堂々の3位でした。ともかく一部始終を「屈託なく笑う母を見て、あぁ立候補してよかった」と著者は思います。

お母さんのセリフはどれも引用したくなるほどに、ひとつひとつが振るっています。お汁粉屋に地廻《じまわ》りのチンピラが入ってきて、「ちょっと顔を貸せ！」と凄《すご》んでみせると、「何を言ってるんだい！　顔は取り外しがきかないんだよ！」と啖呵《たんか》を切って追い返したり……。母の周囲には笑いが絶えず、その上料理が上手《うま》くて着物が似合う。本書のカバーに使われている写真でも、凛《りん》としたその雰囲気が伝わります。曲がったことが大嫌い、背筋をピンと伸ばして生きてきた気骨と品格が感じられます。

店を畳んで別の仕事に就き、住まいを高輪《たかなわ》に移してからも、「母は下町人情の美風をここ、宮様邸の隣りの団地にも存分に吹かせ、人の輪を広げていた」と息子は手放しで称《たた》えます。人情に厚くて正義感が強く、気っぷが良くて、面倒見がいい。言いたいことをズバズバ言って、怒る時は怒るけど、庶民の教養と美意識を備えた常識人。「隠していても何でもお見通し。いい友人のようだった」と著者は言い、「あたしゃねえ祐徳」と呼ぶ声が「今でも聞こえてくるようだ」と。

この母にしてこの子あり——母子の機微を語って見事なのは、1994年、伊東《いとう》で開かれた「秋山祐徳太子の世界展」のオープニング・パーティで種村季弘《たねむらすえひろ》さんが述べたスピーチです。つまんで引用するのが躊躇《ためら》われるほど、温かくて素晴らしい2人の紹介です。是非本書でご味読下さい。

「いいかい祐徳、親の末路を、よぉく見とくんだよ」——徐々に元気を失っていた母親が、去る直前にこう言います。

〈最後まで、飽くまで私の母であり続けようとしている母の言葉に、私は粛然とさせられた。そして感動した。しとさまから、いくらマザコンと呼ばれようと構わない、私はこう言いたかった。私の母は偉大だ〉

『秋山祐徳太子の母』

〈……平成九年四月二十二日午後二時ピッタリに心停止した瞬間、明治・大正・昭和・平成の九十一年六ヶ月を生き抜いた母がふわりと天に舞いあがってくのを、私は確かに感じた。母が好きだった童謡、シャボン玉飛んだ、屋根まで飛んだ、が聞こえてくるかのように〉

2人をよく知る友人が、一句を詠じました。

「孤児多感　亡母一笑　百日紅」

母親の偉大な愛に脱帽です。

（No.644　2015年8月27日配信）

料理好きの母・千代（ちよ）さんの戒名は「千祐料心信女」――千代と祐徳と料理から一文字ずつが取られていて、著者は「いい戒名である」と述べています。史上最強の母子家庭の心意気と機微が活写された本書を女性読者がどう読むのか、感想を聞いてみたくなる作品です。

ここよりほかに、生きる道なし

『願わくは、鳩のごとくに』

杉田成道
（扶桑社）

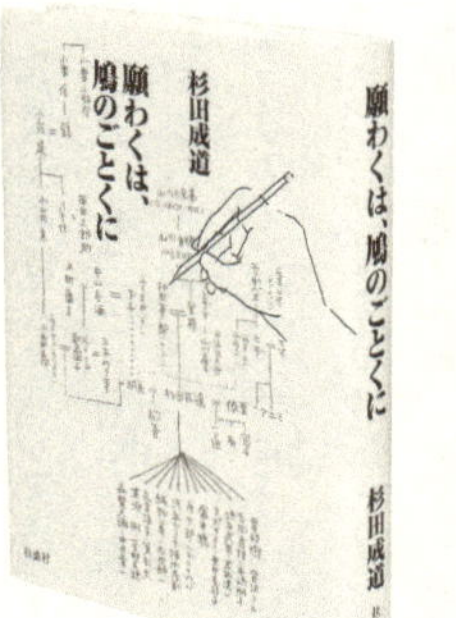

表紙に著者の家系図が描かれています。長友《ながとも》啓典《けいすけ》さんのイラストです。なるほど、こういう「つかみ」で1冊の本をシンボリックに語る手法もあるのか、と感心しながら眺めます。

〈57歳で第一子、60歳で第二子、63歳で第三子！「北の国から」演出家の子育て家族物語〉と本の帯に謳《うた》われています。国民的テレビドラマ「北の国から」の演出家として知られる著者は、２０１１年現在67歳。つまり、還暦を過ぎたいまが〝子育て真っ最中〟というわけです。50歳の時に先妻をがんで喪《うしな》い、その7年後に〝衝撃的な〟再婚を果たすのですが、これがどういう成り行きなのか、その事情を語るところから物語は始まります。

冒頭は、新郎57歳、花嫁27歳の結婚披露宴の場面です。新郎の「師匠」にあたる作家の倉《くら》本聰《もとそう》さんが、30歳という年齢差のふたりを脇におき、「これは、犯罪ではないですか、犯罪ですよ、そうでしょう」と〝お祝い〟のスピーチを述べます。60歳を優に超えた新郎側の出席者のほとんどが「なにやらいわくありげな、複雑な笑い顔」を浮かべているのに対し、20歳そこそこで屈託なく笑う新婦の友人たちは、「さながら老人ホームに慰問に来た女子大生グループ」といった好対照ぶりです。

この面白すぎるシーンから始まり、さっそく驚かされるのはこの新婦の逞《たくま》しさです。少し時間はさかのぼるのですが、30歳という年齢差をものともせず、著者との結婚を決意したと思いきや、彼女は銀行員の仕事を辞め、25歳にして医師をめざします。ほどなく定年を迎える夫との将来を考えた上での判断です。そして女子医大に合格すると、ほどなく長男を出産。3日後にはもう「当たり前という顔をして」授業に戻ります。著者から見ると「どう見てもエイリアンだ」というバイタリティーの持ち主は、その後も第二子、第三子と出産。夫は途方に暮れる暇さえ与えられず、押し寄せる子育ての嵐に翻弄《ほんろう》されます。

その一方で、仕事の上では22年続いた人気番組「北の国から」のフィナーレが近づいてきます。「テレビという枠を遙かに超えた存在」となったこの番組は、役者もスタッフもそれぞれが実人生をそこに交差させていました。出会い、別れ、結婚、離婚、出産、そして死。

いつしか本当の家族のようになり、それが逆に番組の継続を困難にすることになりました。年を重ねるにつれ、誰かが一人でも欠けると、その欠落感に耐えられなくなってきたからです。

そして、いよいよ最後の脚本作りが始まります。地井武男《ちいたけお》さんの演じる中畑和夫役は、がんで最愛の妻を喪うという設定に決まります。ところがその時、実は地井さん自身の奥さんが余命3ヵ月を宣告され、まさにがんと格闘していることが判明します。出演をためらう地井さんと、その事実を知ってしまった関係者たちの苦悶《くもん》の日々が続きます。そして決断のタイムリミットも過ぎたある日、局に現れた地井さんは、かすれる声で夫人の死を告げます。そして、ややあって出た言葉は、「やります。やらせてください」という決意でした――。亡き妻への「鎮魂歌」だと自らに言い聞かせ、退路を断って富良野《ふらの》でのロケに臨みます。

〈現場のリハーサルはできる雰囲気ではなかった。地井さんはすでにこみ上げる感情と闘っている。一刻も早く撮るしかない。直ちに、本番になった。……

が、もはや芝居と呼べるものではなかった。それは、ドキュメントであった。地井さんは奥さんとの時間を追体験していた。抑えよう、抑えようとしても、それは溢れ出た。最後に、帽子を投げ捨てて、顔を覆った。もう無理だ、という合図のように見えた。

カット。

芝居は終わった。周りは息を呑み、水を打ったように静まりかえった。圧巻だった〉

ところがその時、著者の口をついて出た言葉は、「もう、一回」でした。現場の空気がザワッと揺れ、全員の意識が演出家に向かいます。「なんだとッ。」

〈もう一度やることが、地井さんにとってどれだけ辛いか、苦しいか、手に取るように判る。が、致し方ない。

役と自分が渾然一体とならないように、あくまでもう一人の醒《さ》めた自分を置くようにと、話してはみたが、そんなこと神様じゃないんだからできるわけない。できるわけないことを要求するのが演出家であった。これも辛い職業である〉

妥協を許さないプロの演出家の業のようなものが噴き出します。演技に対して何度もしつこく注文を出し続ける著者を、「笑う悪魔」と名づけたのは、螢《ほたる》役を演じた中嶋朋子《なかじまともこ》さんです。ある時、あまりに続くダメ出しに、とうとう彼女がキレます。「あれほど怖い形相の螢を見たことはなかった」というほどの怒り。「それでもやった。ラストのテイクは、怒り心頭に発した感情の高ぶりが、そのまま画面に出た。ヤケクソとも言える心境は、別れの切さに通じていた。見ていて、喉《のど》の奥から突き上げてくるものがあった」――げに非情なる者、汝《なんじ》の名は、演出家。

実は、この本の読みどころは、ユーモラスに語られる子育ての日常とおそらく表裏一体の関係にある、こうした著者の過激さを含めた人間観や人生観です。そこには自らの家族にまつわる長い物語と、47歳で逝《い》った連れ合いの思い出、あるいは明治生まれで、血のつながらない子を8人も育てた先妻の養母〝バアバ〟の人生、天才的な喜劇役者でありながら、性格的には意固地で皮肉屋で意地悪だった、先妻の義父三木《みき》のり平《へい》さんのこと、また自ら断食を選んだ父の死、50歳で死んだ4つ違いの兄、所持金40円で孤独死をとげた母方の従兄妹《いとこ》のこと、等々、いくつもの「死」の記憶が交錯します。著者はそれらの記憶を手繰り寄せながら、死者への鎮魂歌を奏でるとともに、新たな「生」の物語に向き合おうとします。情愛と哀歓に充《み》ちた、この著者ならではの深いまなざしの所以《ゆえん》です。

「お父さんはこんな人だったのよ――って、私から伝えることできないから――そんなつもりで、書き遺して」と奥さんに言われたのが執筆のきっかけだったといいます。年をとってからの子どもなので、子どもたちが成人する時に自分はもうこの世にいないかもしれない、だから親から子への「バトンリレー」をするためには、自分がどういう人たちの恩恵を受けて生きてきたのか、そして彼らから受け継いだ何を大切と考えているのか、それを遺書代わりに書きたいと思った、とも。

〈人間は遺伝子を継承するだけではない。その人生も、生き方も、ある意味で継承する。親の人生が潜在的にすり込まれる。そのことに、いつか気づくときがある。だから、親がどう生きようとしたか、どう世界に対したか、どう愛したか、知る必要がある。それが、自分を知ることに繋がるからだ〉

最後に、変わったタイトルの由来ですが、これにも著者の心象風景が色濃く投影されています。人生は「ジタバタしても仕方ない。水は流れるようにしか、流れない。流れのままに身を任せ、在るがままに在れ」というのが、どうやら著者の人生哲学のようです。そうした一種の諦念《ていねん》があるからこそ、自分に残された時間をカウントしつつ、割り振られた役割をあるがままに受け入れ、それをしっかり背負って生きたい、という決意が生まれます。

〈幽霊カトリック信者なので、神仏どちらでもよいのだが、(自分の結婚式には・引用者註《ちゅう》)離婚の許されないカトリック教会を選んだ。鶴は連れ合いが死ぬと、一生孤高を保つという。中学生のころ飼っていた鳩は、再婚はするが、つがいの間は決して離れない。
願わくは、鳩程度にはなんとかしたい、と思う〉

〝犯罪者〟呼ばわりされようとも、人から憫笑《びんしょう》されようとも、この家族の絆《きずな》は大切にしたい――「ここよりほかに、生きる道なし」と思い定めた覚悟のほどが伝わってきます。読了後にしみじみと、表紙の家系図をまた眺めてしまいます。

（No.427　2011年1月27日配信）

2016年3月、72歳にして4人目の子ども（3女）が誕生。「上原謙（うえはらけん）を超え、チャップリンに並んだ！」と喜んでいたら、ミック・ジャガーが73歳にして8人目の子を授かったと聞き、「上には上がいるもんだ」と感じ入ったそうです。〝人生の黄昏（たそがれ）〟に立ちながら、朝6時には起きて、パンを焼き、小児科医の妻と3人の子どもを送り出すのが、著者の日課だということです。

おじさんを覚えておいてくださいね

『「私」を受け容れて生きる ——父と母の娘』 末盛千枝子

（新潮社）

「人と人との出会いは必ずその痕跡を残す」——本書を書いている間、遠藤周作《えんどうしゅうさく》氏のこの言葉が、「ずっと通奏低音のように心に浮かんで」いたといいます。今年（２０１６年）で75歳を迎えた著者の自伝的エッセイは、さまざまな〝出会いの痕跡〟をひとつひとつ愛《いと》おしむように描いています。読み終えてからほぼ３ヵ月、私もまた静かな余韻にひたっています。

絵本づくりのプロとして著者の名を広く内外に知らしめたのは、自ら立ち上げた絵本出版社「すえもりブックス」の企画として、皇后美智子《みちこ》さまが選・英訳されたまど・みちおさんの詩集『どうぶつたち』を、１９９２年に日米で共同出版したことです。２年後に、まどさんが日本人として初の国際アンデルセン賞作家賞を受賞し、大きな話題を呼びました。その

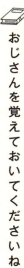

後も、1998年、ニューデリーで開かれた国際児童図書評議会（IBBY）世界大会での皇后さまの講演録『橋をかける――子供時代の読書の思い出』（文藝春秋）を刊行します。著者と皇后さまとの交流は、本書の中でもとりわけ貴重な〝痕跡〟でしょう。

〈お話の中で、皇后様は読書を通して、他の人の悲しみを知り、喜びを知り、愛と犠牲が分ちがたいということを知ったこと、そして、誰しも、何らかの悲しみを背負って生きているということを小さい時に知ったと、『でんでん虫のかなしみ』を引用して語っておられる。そして読書には、人間を作る「根っこ」と喜びに向かって伸びようとする「翼」があり、ご自身が、外に内に橋をかけ、自分の世界を少しずつ広げながら育っていくときに大きな助けとなった、と日本の神話にも触れてお話しになられた。本当にすばらしいご講演だった〉

著者自身もまた、「私の人生はまるで絵本とともにあった。いつも絵本が助けてくれたと言ってもいいくらいだ」と言い、絵本はいつも身辺にあって、「希望を語るものであり、悲しむ子どものそばに寄り添ってくれるものだった」と感謝の言葉を述べています。美しい絵本を送り届ける仕事に携わってきた喜びと誇りは、本書全体に溢《あふ》れています。

もっとも、書名が示唆しているように、著者自身が辿《たど》ってきた道のりは必ずしもなだらかなものではありませんでした。むしろ辛《つら》く、悲しく、耐えがたい出来事に次々と遭遇しています。

父は、キリシタン弾圧をテーマにした「長崎二十六殉教者記念像」「原《はら》の城《じょう》」などで知られる彫刻家の舟越保武《ふなこしやすたけ》氏。「清貧」という言葉がまさにふさわしい芸術家の家に、著者は6人きょうだいの長女として育ちます。しかし、戦争の非常時をはさんで、彫刻という仕事だけで家族8人が食べていくのは容易なことではありません。父を尊敬しながらも、「絶対に芸術家とだけは結婚するまい」と心に決めていたそうです。

大学卒業後、欧米に絵本を輸出する出版社に勤務しますが、30歳で結婚退職。ところが、幸せな結婚生活が12年目に入ろうとした矢先、最愛の夫が急死し、手もとには8歳と6歳の息子が残されます。長男は生まれつきの難病を抱え、後にはスポーツ事故による障害で下半身不随になります。夫の死後、独立して作った「すえもりブックス」は良書を手がける一方で、つねに経営に苦しみます。再婚した夫の介護と看取《みと》り。２０１０年、会社をたたんで、父の郷里岩手に移住した翌年、東日本大震災が起きます。

ひとりの人間が抱え込むにはあまりに重い試練が、次々と著者の身に降りかかります。それでも「私」という運命から目を背けることなく、決してあきらめないで、前を向いて生きてきました。

〈困難の真っただ中にいる時には分らないのだけれど、いつの間にか、その困難から抜け出ていることに気がついたときの喜びは、例えようがない。しかも、その幸福は、その困難があったからこそ与えられているのであり、それこそが、不幸のように見える幸福ではないかと思う。

どんなに困難に満ちているように見える人生でも、生きるに値すると思うのはそのためである〉

それを今ようやく実感するようになったのは、年を重ねることのありがたさだと述べます。本の副題が「父と母の娘」とあるのも、歳月を経るにつれ、そのことが次第に輝きを増してきたからでしょう。この両親の娘であることが、どれほどかけがえのない喜びであるか。困難を乗り越えてきた今だからこそ、一層強く感じられるのです。

〈……厳しい家庭環境に育ったからこそ、かえって明るく楽しいことに憧れる気持ちは、人一倍強かったと思う。父でさえそうだった。貧しいなかでも、生きていく上で、どのよ

『「私」を受け容れて生きる』

うなことを良しとするか、人生で美しいとはどのようなことかを、厳しく教えられた。多くの時間をかけ、身を削るようにして制作した二十六聖人殉教者記念像や、ダミアン神父の像を通して、父は、結局はそこに人間としての至高の美しさを見ていたのだろう。それは十分に私たちに伝わっていた。

自宅のアトリエで仕事をしているわけだから、制作の途中で、いろんな話を聞かされた。日常に起こるほとんど他愛のないけれど楽しいことも、気がつくと、みんなで披露しあったような気がする。父は、落語が好きだった。

私がよく憶えているのは大理石の仕事の時の父の姿だ。父は大きく硬い石の固まりに一心不乱に鑿を振るい、体中石の粉で真っ白になりながら、その粉が目に入らないように、ツルの壊れかかった素通しの眼鏡をかけていた。時には、朝まで仕事を続けて、出来上がった作品を依頼主や、画商に届けにいく。それを見ながら、母はいつも、「私たちはお父さんの仕事を手伝うことはできないのだから、せめてお父さんが気持ちよく仕事ができるように、協力しましょう」と言った。あれは、母がまず自分に言い聞かせていたのではないかと思う〉

20代の半ば、初めてヨーロッパを旅した時の話が印象的です。スイスに行き、登山鉄道でユングフラウヨッホに登った時です。今にも降り出しそうな空模様なので出発を迷っていました。宿の奥さんが「山の上は晴れているからぜひ行ってきなさい。お弁当を作ってあげるから」と勧めます。大枚50ドルをはたき、祈るような思いで鉄道に乗りますが、またたく間に土砂降りになり、猛烈に後悔した著者は、下りの電車に飛び乗って、すぐにも引き返したくなります。

〈ところが、もうすこし登ると、辺りが急に明るくなり、あっという間に、電車は雲の上にでた。光輝くアルプスの峰々が、雪を頂いて、手が届きそうなほど近くにあるのだ。なんということだろう。……

登山鉄道はアイガー北壁の中のトンネルを抜け、終点のユングフラウヨッホ駅に着いた。私は人ごみを避けて雪の上に座り、全身に陽を受けて宿屋の奥さんの作ってくれたサンドイッチを食べた。見渡す限り雲一つなく、雲上の世界に広がるアルプスの山々を心ゆくまで眺め、今日のことは一生忘れまい、自分の胸にしっかり焼き付けておこうと思った。

信じること、希望し続けることという意味で、この光景は、私の人生の北極星のようなものになった〉

家族愛に結ばれた舟越家には、ひとつの悲しい出来事がありました。1948年4月、著者が小学2年生だった時、一家に初めて生まれた男の子が生後8ヵ月で世を去ったのです。「水仙の花」という舟越保武さんのエッセイがあります。赤ん坊だった長男が死んだ。じっとしていてはいけない。自転車を漕《こ》いで親戚《しんせき》の家に行くなり、「赤ん坊が死にました。花を下さい。なるべくたくさん下さい」と言います。それを聞いた従兄弟《いとこ》は、庭にたくさん咲いていた黄色い水仙を、ほとんどみんな伐《き》ってくれます。

〈花をいっぱいに棺の中にうめた。黄色い花いちめんの中に、一馬の顔だけが見えた。花の中から、小さな顔と、合掌した小さな手だけが見えた。眼のまわりが、うす青く、西洋人形のようだった〉(「水仙の花」、『舟越保武全随筆集　巨岩と花びら ほか』求龍堂、所収)

この出来事がきっかけで、家族全員がカトリックの洗礼を受けます。「あの頃は、誰にも分からなかったが、弟の死と洗礼は、家族全員にとって、確かな転換点となった」とあります。やがて疎開生活を終えて、東京に帰る時、母親は「さようなら盛岡よ」という詩を書きます。「春には山吹の咲く／小さな一馬《かずま》のおくつきよ／すべてのものよ　さようなら」――。

〈母は女学校をでた後、女子美術専門学校に入ったが、体を悪くして退学し、その後入学した文化学院時代に父に出会い結婚した。父は二十八歳、母は二十四歳だった。その頃、母はすでに俳句の世界では知られるようになっていたらしいけれど、父のたっての頼みで文学を諦めた。父が泣いて頼んだという。母は、そのことを子どもたちにはあまり言わなかった。女々しいことだと思ったのかもしれない〉

人生や芸術に対して厳しい考え方をする一方で、「とても自由に物事を考える人だった」とも言います。教会で、韓国人と結婚した日本人女性と出会った時、彼女が戦後間もない時期に、白いチョゴリを着ている姿を見て、「どれほど勇気が必要で、どれほど素晴らしいことかと、母が心からの尊敬を込めて話していた」と著者は記します。東日本大震災後に評判を呼んだ句集『龍宮』(角川学芸出版)の作者、岩手県釜石《かまいし》市在住の照井翠《てるいみどり》さんは「母の友人だった」とあり、人と人とのつながりの不思議さをここにも感じます。

本書を貫く優しさ、向日性、ユーモアは、まさにこの父、この母の娘であったことの証《あかし》であり、どんな困難のさ中にあっても、「私は、この峠を越えたら、また何か考えてもいなかったような展望が開けるのではないかと……あのスイスの山のことを思っていた。楽天的とも言える私のこの性格は、貧しいなかでも懸命に自分の理想を追った父と母、特に父を支えた母の強さと素直さをみて育ったからだと思う」とあります。

さて、著者の最初の夫であり、1983年、54歳の若さで急逝した末盛憲彦《すえもりのりひこ》さんは、テレビ草創期の名番組「夢であいましょう」などを手がけたNHKの名ディレクターでした。著者をして、「私は大家族の長女で、いつも五人の弟妹達の世話をし、心配をしているようなところがあったのだけれど、結婚して初めて、本当に大切にしてもらっているという実感が生まれた」と言わしめた存在です。「穏やかで温かい彼に守られ、安心し切ったかのように私は初めて人に甘えていた」、「彼が亡くなったとき、私は、『なんだ、神様は私に彼を十年間貸して下さっただけだったのか……』と思ったほどだった。いや、本当にそうだったのかもしれない」と。

それだけに、子どもたちには、「パパが突然亡くなったことは、私たちにはまだ解らないけれど、きっと、神様のご計画で、何か意味があり、このことによって、私たちは、これからの人生に何かの使命を与えられているのだと思う」と伝え、自らは「すえもりブックス」を立ち上げます。「人を幸せにする」という夫の松明《たいまつ》を引き継ぎたい、という強い思いがあってのことでした。

その夫の死から10年近く。大学時代にカトリックの学生サークルで指導司祭として敬愛していた古田暁《ふるたぎよう》氏から、「私が駄目になる前に来て下さい」という葉書が、突然送られてきます。入院先の病院からでした。

〈考えこんだものの、結局はベランダに咲いている何種類もの小さな花を色どりよく摘んで、私は病院に向かっていた。なるべく何気なく振る舞おうと、覚悟を決めて病室に入ると、小さな声で「あっ、来た」と言うのが聞こえた。不思議な再会だった〉

それから何度も危険な状態に陥る氏の世話をするうちに、やがて再婚を決意。1995年、正式に夫婦となります。中世キリスト教の研究者である古田氏の翻訳書の出版を手伝うなど、穏やかで、新たな刺激に富んだ日々が訪れます。しかし2006年、脳出血に倒れて以後、夫の体の自由は徐々に奪われます。そして移住した先の岩手で、2013年に永眠。その気持ちの整理もあって、本書の執筆は始まっています。

千枝子《ちえこ》という名前は、高村光太郎《たかむらこうたろう》訳『ロダンの言葉』を読んで彫刻家を志した父親が、まったく面識もなかった高村氏を突然訪ねて、つけてもらったのだといいます。「女の名前は智恵子しか思い浮かばないけれど、智恵子のような悲しい人生になってはいけないので字だけは替えましょうね」と言って、半紙に「千枝子」と書いて下さったと、著者は父から聞かされます。

〈父に尋ねたことはないけれど、いまになって考えてみると、父は彫刻家としてやっていこうと覚悟を決めた自分を励ますために、初めて生まれた娘にどうしても高村さんに名前を付けていただきたいと、よほどの思いで高村さんを訪ねたのだろうし、高村さんも、困難な人生になることは目に見えている若い彫刻家の願いを聞き入れようと思ったのではないだろうか。父はどんなに感激したことだろう。

何より、その時、智恵子さんが亡くなってから、三年しか経っていないのだった。智恵子さんは高村さんの内に外にまだ、生々しく存在していたに違いない。愛する人に死なれて三年とは、そういう時間なのだ。『智恵子抄』は、私の生まれたこの年に出版された〉

後年、高村氏に「この子があのときに名前を付けていただいた千枝子です。三年生になりました」と紹介される機会があったといいます。すると、高村氏は頭をなでて、「おじさんを覚えておいてくださいね」と言ったそうです。この話を父は娘に何回も話します。

〈それは、小さい子に「大きくなったね」とか「元気でね」というような言葉を掛けるのとは全く違うことだろう。今になって、「おじさんを覚えておいてくださいね」という言葉を掛けずにはいられなかった人を思う。父も、そんな高村さんの思いを貴重に思い、繰り返し話してくれたのではないだろうか。そして、私はいまやっと「あなたにとってあんなに大切だった智恵子さんの名前から、千枝子と名付けて下さったことを本当に有り難く、とても大切に思います」と心から言える。七十年以上もかかってしまった〉

これまで辛いこと、悲しいこともたくさんあったけれど、それらはどれも、今の「私」にたどり着くために必要なことだった。神の不思議な恵みが、ここまで私を導いた――著者は「今なら心から言える」と振り返ります。

（No.６８４　２０１６年7月21日配信）

『人生に大切なことはすべて絵本から教わった』（現代企画室）を読んで感銘を受け、版元が主催する著者のトークイベントに何度か出かけました。東日本大震災の1年後、4～10歳まで暮らした〝郷里〟盛岡（もりおか）の風土について、雑誌で語っていただいたこともあります。いろいろなご苦労があったにもかかわらず、「人使いの荒い神さまにつかまって」と明るく語る笑顔を見ると、末盛さんに与えられた「天命」の大きさを思います。

V 社会を考える

広告はどこまで先を行ったのか

『広告は、社会を揺さぶった ――ボーヴォワールの娘たち』

脇田直枝（宣伝会議）

１９７８年4月から、雑誌ジャーナリズムの片隅に身を置いてきました。幸せだったな、と思う理由のひとつに、勢いのある広告が時代の空気を揺さぶったり、人の心をどこかへ連れ出していくさまを、いつも感嘆しながら見物できたということがあります。本書は、女性の生き方に関わる戦後70年の広告の変遷を、とくに１９７０年代以降を中心に読み解いています。懐かしさに濃淡の差はありますが、時代を映す鏡として、さまざまな思い出がよみがえります。ある世代以上にとっては、願ってもない記憶の引き出しとなるはずです。

私が何より惹《ひ》かれたのは、表紙を飾っているのが、１９８０年の西武流通グループの広告だったからです。あの当時に受けた印象もさることながら、この広告ができていく途中経過を、ほんの数年前に知りました。

「いま、どのくらい『女の時代』なのかな。」——新聞の全10段広告でした。

使われたのは、結婚式の写真です。新郎は羽織袴《はかま》、花嫁は文金高島田に打掛姿。金屏風《きんびょうぶ》の前に立ち、仲人《なこうど》夫妻にはさまれて、来賓、親族、友人たちに挨拶《あいさつ》をしている場面です。

コピーライターは糸井重里さん。「不思議、大好き。」（1981年）、「おいしい生活。」（1982-83年）、「ほしいものが、ほしいわ。」（1988年）など、糸井さんのコピーとともに、西武百貨店が毎年話題の広告を打ち出していた最初期の作品にあたります。上記のキャッチフレーズの下には、とても長いボディコピーが書かれています。

〈「女の時代」という言葉は、すっかりなじみの深いものになってきましたね。もともと、これは、あまりに長く続いた男性中心の社会に対する「?」として誕生してきた言葉です。男性がいる。そして同じ数の、同じように大切な女性がいる。この当り前の事実を、社会が、やっと真剣に考えるようになってきた。それが「女の時代」という言葉の背景になっているのだと思います。

だから、「女の時代」は、まだやっと幕が開きかけたところ。ほんとうのものにするためには、この言葉を支え、育ててゆく多くの手が、知恵が、しくみが必要なはずです……〉

さて、本書の成り立ちを、著者は次のように述べています。

〈広告はジャーナリズムではない。しかし世の中の人心は広告の影響で揺れ動く。女の時代でもないのに女性もおだてられてその気になっていき、男性はとりあえず様子見を決め込んでいる内、大勢は女性上位を容認する風向きになっていったのである。……

今日私たちが在るのは、三つの大きな波のおかげである。第一の波は1945年の婦人参政権の獲得、第二の波はアメリカの1970年代のウーマン・リブ運動、第3の波は男女雇用機会均等法の成立である。

これを書いている2015年は戦後70年。男女雇用機会均等法成立30年。私が広告業界に身を置いてきた年月の中で、コツコツと女性の立場を理解し主張してきたクリエーターたち、それをバックアップしてくれた広告主があった。それらの企画や言葉が少しずつ社会を動かす手助けになってきた、その軌跡を紹介したいと思った〉（初めに）

それに続けて、先ほどの広告――「いま、どのくらい『女の時代』なのかな。」――を久々に見た時に、著者は「衝撃を受けた」と語ります。

〈2015年の今使える広告じゃないか。つまり、35年前と状態はあまり変わっていなかったということである。当時は全く「女の時代」になってはいなかった。まだ入り口だった。なのに「どのくらい」とは西武の進歩性をアピールしたかったのだろうか〉（同）

近年はウーマノミクスの安倍《あべ》政権のもと、女性活躍推進法が施行されました。しかし、女性の活躍をことさら政府が強調しなければならないのは、まだ「女の時代」が思うようには進んでいないことの証左でしょう。本書には、糸井さんが特別エッセイを寄稿しています。「堤清二さんの記憶とともに。」という短い文章です。

〈この広告については、特別な思いがあります。実は、このキャッチフレーズは、もともとはこれではありませんでした。また、いままでは珍しいくらい長いボディコピーも、キャッチフレーズの変更にともなって書き直したものです〉

業界の人たちには有名な話なのかもしれませんが、私はつい最近まで、まったくこの「書き直し」の事実を知りませんでした。たまたまこのメールマガジンで「安部公房と堤清二」という文章を、2013年12月5日に書きました。その年に没後20年を迎えた安部公房《あべこうぼう》さんの旧邸を訪問し、解体される直前の御宅を撮影したのが11月27日でした。撮影を進めながら、安部さんの盟友だった堤《つつみ》さんのことが話題になりました。訃報《ふほう》に接したのは、その翌日です（亡くなったのは25日ですが、28日に報じられました）。

この時のメルマガには、いろいろな読後感が寄せられました。堤さんが私の前で激しく怒りを露《あら》わにした時の思い出を綴《つづ》ったからでした。糸井さんに「女の時代」の広告をめぐるやりとりを、教えられたのもその時です。

それ以前に、糸井さん自身は「ほぼ日刊イトイ新聞」にこの経緯を書いていました。「ある没になったコピーの思い出」という文章で、堤さん、糸井さんの表情がいきいきと伝わってきて、厳粛な気持ちに誘われます。

「人材、嫁ぐ。」

これが最初の案でした。書いて「没になった」コピーです。

その頃は一般的な風潮として、仕事をしている女性が結婚すると「寿退社《ことぶきたいしゃ》」などと呼ばれ、退職するのが当たり前でした。しかし西武流通グループでは、それではあまりに惜しいので、「再就職」の道をひらき、職場へのカムバックを歓迎しよう、という新たな人事制度を作り始めていました。

だからこそ、「人材」なのです。職場のお飾りの花である「おんなのこ」ではなく、能力を備えた「人材」として女性を正当に位置づけ、いつでも戻って来てください、という意味で、この広告案が用意されました。そして、それを堤会長にプレゼンテーションする場がセットされました。以下、糸井さんの文章です。

〈その日のプレゼンテーションの場も、
おおむね和やかに始まった・・・のかもしれない。
忘れている。
いつものように、「いいですね」と言うかと思ったら、
むっとしたように堤さんは、押し黙った。
制作者であるぼくらのほうではなく、

社内の重役や、宣伝部の責任ある人のほうを見る。
「女性が結婚をするとか、出産するということは、
その人の人生にとって、
もっとも大切なことですよね」
言葉遣いはていねいだったけれど、
この人は、怒ったときほどていねいになる。
「その女性は、ひとりの個人として、
結婚という大切な人生の門出を迎えたんですよね」
そうです、としか答えようがない。
しかし、誰も口をはさめないままだった。
「最も喜びに満ちた、ひとりの女性の、
大切な人生のイベントを・・・
仕事が大好きで生産性やら効率やらのことばかり
考えている西武百貨店のお偉い方々は、
『ああ役立つ人材が嫁いで行く』というふうに
見ているんですか?

ひとりの人間として祝福されるべき結婚式の
花嫁姿を目にして、人材が嫁ぐと考えているんですか」
語調はだんだん激しくなっていった。
「こんな、企業の論理を、
女性たちに押し付けるようなことが、
ぼくらのやりたかったことなんですか！」〉

場は凍りついたはずです。堤さんの怒りの激しさは、想像できます。堤清二《せいじ》という個性を抜きにしてはとても語れません。ただ、この場面のポイントは、「仕事のできるキミには、ほんとうは嫁いでほしくないんだよ」と本音が見え隠れする、そういう企業勝手なコピーでいいのか、という本質的な問いかけです。

「あのときの、堤さんの、あの怒りようは、その後のぼくの考え方に、ずいぶん大きな影響を与えている。企業の依頼でコピーを書くという仕事をしてきて、あの時あんなふうに、自分の考えの根源が問われるのだとわかって、ほんとうによかったと思っている」と糸井さんは書いています。「ぼくにとっても、没になって助かった」「一度も忘れたことのない会議の思い出だ」と。

……ここまで書いて、ずいぶん枚数を費やしたことに気づきます。ただ、40年近くも前に、こんな真剣なやりとりがひとつの広告をめぐって行われていたという事実が、非常に貴重だと思います。無条件に感動するのです。

以下は、他の印象深い広告のいくつかです。

「女の記録は、やがて、男を抜くかもしれない。」（１９８０年、伊勢丹）

１９７９年、国際陸連公認の初の女子マラソン、第１回東京国際女子マラソンが開催されました。優勝は英国のジョイス・スミス選手で、２時間37分48秒。36歳で走り始めたという日本の市民ランナー村本《むらもと》みのるさんが、２時間48分52秒で７位に入賞します。

女性には体力的に無理だと考えられていた42・１９５キロの女子マラソンのその後の隆盛、そして日本の女子選手の活躍は言うまでもありません。「やがて、男を抜くかもしれない」――「かもしれない」という控えめなフレーズに、この時代の「心の中の静かな驚きと感嘆の呟き」が見事に凝縮されていないか、と著者は語ります。

「なぜ年齢をきくの」（１９７５年、伊勢丹）、「甘えずに生きていきたい」（１９７６年、伊勢丹）、「彼女が美しいのではない。彼女の生き方が美しいのだ。」（1977年、資生堂）などは、コピーライター、土屋《つちや》耕一《こういち》さんの一連の仕事です。改めて感じ入ります。

そして1985年、「男女雇用機会均等法」が成立。翌年、施行。このあたりから「プロの男女は、差別されない。」（1986年）、「いい仕事をした人が、いい顔になるのは、なぜだろう。」（1986年）といったリクルートの広告が目立ち始め、「女だって、女房が欲しい。」（1985年、NTT）、「ある日、日経は顔に出る。」（1995年、日本経済新聞社）、「日本人初の女性総理は、きっともう、この世にいる。」（2006年、奈良新聞社）といった流れにつながります。

その一方で、「亭主元気で留守がいい」を唱和する「タンスにゴン」（1986年、大日本除虫菊）が余裕の生まれた女性たちの笑いを誘い、やがて「美しい50歳がふえると、日本は変わると思う。」（1996年、資生堂）が登場します。

あるいは「育児をしない男を、父とは呼ばない。」（1998年、厚生省）や、「育児するいい男を、イクメンと呼ぼう。」（2007年、イクメンクラブ）が現われてきます。まさに広告とともに時代の移り変わりが見て取れます。

本書の副題には、もしかすると解説が必要かもしれません。ボーヴォワールとはフランスの作家シモーヌ・ド・ボーヴォワール。彼女の代表的著作である『第二の性』（1949年）の有名な一文――「人は女に生まれるのではない。女になるのだ」という主張が、その後のフェミニズム運動を牽引《けんいん》します。その問いかけに呼応するように、広告はどのように社会のタブーに挑み、女性の生き方を拡げてきたか――具体的な事例とともに、本書はその歩みを振り返り、新しい時代への期待をにじませます。

（No.679　2016年6月16日配信）

70～80年代初めにかけて高校、大学に通っていた、という女性ジャーナリストから読後の感想をもらいました。渋谷の公園通りは一番の遊び場だったし、西武やパルコはキラキラしていた。『第二の性』を読んだのは高校時代。そして「未来は変わって行くに違いない」と信じていた。当時そう語り合った女子の多くは、外資系に勤めるか、海外に転出してしまった――と。「いま、どのくらい『女の時代』なのかな。」を、彼女もまた問い続けています。

老サイクリストの生活と意見

『大東京 ぐるぐる自転車』

伊藤礼
（東海教育研究所）

自転車が印象的に登場する映画がいくつか思い浮かびます。フランソワ・トリュフォー監督の「突然炎のごとく」（１９６２年、仏）では、無二の親友だった2人の男が1人の女性（ジャンヌ・モロー）をともに愛してしまうという物語の中で、3人が一緒にサイクリングをする場面が出てきます。この時白いスカートを翻しながら、颯爽《さっそう》と自転車に乗るジャンヌ・モローが素敵です。アラン・レネ監督の「二十四時間の情事」（１９５９年、日仏合作）では、18歳のフランス人女性が、恋するドイツ人ナチス将校との逢引《あいびき》に、ロアール河沿いの道を自転車で急ぐ美しい回想場面が流れます。また「明日に向って撃て！」（１９６９年、米）では、B・バカラックの「雨にぬれても」のメロディをバックに、ポール・ニューマンがキャサリ

ン・ロスを前に乗せて自転車をこぐシーンが忘れられません。そして「E.T.」（1982年、米）では、E.T.を前カゴに乗せた子どもたちの自転車が空を駆けのぼる、あまりにも有名なシーンが目に浮かびます。

本書が思い出させてくれたのは、「大脱走」（1963年、米）のラスト近くの場面です。絶対に脱出が不可能とされたドイツの捕虜収容所から、主演のスティーブ・マックイーンがオートバイで逃げ出します。一方、ジェイムズ・コバーンは街でくすねた自転車で逃げます。逃げおおせたのはコバーンのほうでした。著者は誇らしげに語ります、「そんなことも自転車の優位性を思わせる」と。

たしかに自転車は、自由気ままに裏道、脇道を行くことができます。肩に担げば階段を上り下りすることも、走るのに疲れれば電車で輪行することも可能です。そこが図体《ずうたい》の大きい自動車と決定的に異なるところです。また、自転車は人間の足の能力を何倍にも嵩上《かさあ》げしてくれる「偉大な発明品」ではありますが、どこかユーモラスで親しみやすい、とぼけた味わいがあります。あくまで人力で動かすシンプルな道具だからでしょう。

著者の伊藤礼《いとうれい》さんは1933年生まれ。作家伊藤整《いとうせい》氏の次男で、『チャタレイ夫人の恋人』完訳版の訳者としても知られる英文学者です。日大芸術学部で英語を教えていた伊藤先生は、定年を間近に控えたある日、杉並区久我山《すぎなみくくがやま》の自宅から車で通う大学までの、12キロの道のりを自転車で行ってみようと思い立ちます。むろん初乗りです。

家にあった買い物用自転車に空気をパンパンに入れて、勇躍スタート。ところが、15分で音を上げてしまいます。まだ2キロも来ていない地点です。そこからの長い残り10キロは、艱難《かんなん》辛苦の極致でした。ようやく息も絶え絶えに校門をくぐったセンセイに、顔なじみの守衛さんは思わず声をかけてしまいます、「どうかなさいましたか?」。そしてふたたび同じ道を、同じ苦痛に耐えながら帰宅すると、「アンタ! なんて顔してるのヨ!」という夫人の言葉が氏を迎えます。

それから数年、多くの困難と闘いながら、努力の一語によってそれらを克服。「いま気づくと、老人としては軽々と、すいすいと自転車に乗っているのであった」——という顚末《てんまつ》は、前著の『こぐこぐ自転車』、『自転車ぎこぎこ』(ともに平凡社)に描かれた通りです。

そして、自転車にまたがればそのままどこへでも走って行けそうだ、と胸を躍らせているセンセイが、主たる舞台を東京に絞り、この「無上の楽しみ」となった愛輪生活を縦横に語ったエッセイが本書です。雑誌連載時のタイトルが「銀輪ノ翁、東都徘徊ス」。しかも、連載半ばで心臓にペースメーカーを装着する手術を受けたにもかかわらず、中断わずかに1ヵ月で、すぐさま〝前線復帰〟を果たすのですから、見上げた銀輪魂です。

ただその語り口は、テーマを一応定めながらも、風の吹くまま気の向くまま。枯れているのかオトボケか、典雅にして自由闊達《かったつ》な調子です。これが読む者の頭のこわばりを解きほぐし、心までのびやかにしてくれる所以《ゆえん》です。

〈……このごろは乗りすぎているのではないかと、われながら思うほど乗っている……日常生活においても、もう電車や自動車には乗らない。どこに行くにも自転車に乗っている。友人知人の葬式にも自転車で行く。自転車で転んで骨折したときも病院に自転車で行った。なんども自転車で骨折したので、最後、別のことで骨折したとき、医者に「また自転車ですか」と誤解されたぐらいだ〉

本書に関わる「著者転倒地点」6ヵ所の地図が添えられているのもお茶目です。

〈連日の猛暑だ。カンカン照りである。新聞やテレビは老人が熱中症でどんどん倒れているという。倒れているだけでない。死んでいるという。八月に入ったところで日本全国で九十人は確実に死んでいるらしい。淘汰されているのだ。猛暑はまだ続くらしいから、老人であるわたくしなども危ないといえる。しかしながら、新聞やテレビに威かされっぱなしでいるのもなんであるから、わたくしはどんどん自転車を乗り回している。八月の太陽

と対決しているのだ〉

かくして日照りの夏も寒さの冬も、杉並区の自宅を起点としながら、大東京の東西南北を心ひかれるままに旅します。最新兵器は自転車用のナビゲーターです。といっても、文明の利器は実は補助にすぎません。出発前と帰宅後の走行経路の研究、確認に余念なく、情熱を傾けるところがセンセイの真骨頂です。とりわけ地図趣味がここでは遺憾なく発揮されています。センセイが「画期的な地図」と激賞するのは、国土地理院の地図をベースにして日本地図センターが作成した『「東京都区部」二万五千分の一 デジタル標高地形図』です。「ぶらぶらと自転車で街を走っていたとき偶然に見つけて購入した」というその地図は、色の塗り分けで地面の高さを表していて、標高データが驚くほどに精細に作られています。この地図の色分けで見れば、「東京の環状線の内部あたりは、凹凸がまるでジグソーパズルの断片を撒き散らしたように複雑怪奇で、しかもじっと観察するとすべてが大きなある理屈の流れによってそうなっている」ことが実感できます。

センセイはこれを食い入るように見つめたり、また少し遠くからぼんやり眺めたりして、目的地の地形を目に焼き付けてロードに出ます。すると、本郷《ほんごう》台地の東側、西側をツーリングしている時に、ペダルを踏む足にきつい坂道のアップダウンを感じても、以前のように慌てる必要がありません。『デジタル標高地形図』のおかげで、「文京区の丘陵と谷間の配列に、なんらかの法則があること」が頭に叩《たた》き込まれているからです。かつてのように、坂の出現の仕方が「神出鬼没、無秩序、かつ気まぐれ」で、自分の「脚力の劣悪さをあざ笑う」かのように感じることもなくなりました。「文京区の坂道や谷間は、急な待ち伏せをしようとしても、もうできなくなっていた」と。

このようにして各方面に繰り広げられる自転車の旅は、老サイクリストの目に映じた東京ガイドブックの役割も果たします。先ほどの本郷台地の東側、西側を走る探検調査を例にとれば、各所で文学関連の連想や夢想に誘われて、ついつい道草を重ねたり、脇道に入り込んだりを繰り返しながら、最後に北大塚《きたおおつか》3丁目の先にある「谷端川《やばたがわ》跡」という案内板に辿《たど》りつきます。そこで当初の探索の目的であった「小石川と千川と谷端川」の隠された川の道すじと改修の歴史を突き止める文章に出会うのです。

〈まさに、知りたかったことだった。小石川と千川と谷端川の全貌を知らしめる文章だ。平成十六年八月に立てられたこの案内板は、今日まで、わたくしを待っていたのだ。文章は簡にして要を得ている。有能な人物の筆だ。なんという名前の、どんな顔の人物なのか。できたら握手をしたい。自転車にまたがったまま、わたくしは感動し続けた〉

本郷台地の西側の谷筋を流れていたと想定される川の名は、下流では小石川《こいしかわ》、または礫川《れきせん》、または千川《せんかわ》と呼ばれていました。小石川植物園、礫川公園、千川通りなどにいまも名をとどめています。上流ではそれが、谷端川でした。いまとなっては幻の川となっている水脈をたどり、著者は上流をめざします。あとかたもなくなった川の流れに見当をつけ、マウンテンバイクのペダルをこぐのです。

〈谷端川跡

この道路はむかし、谷端川という川でした。谷端川は、粟島神社（要町二―十四）境内の湧泉（弁天池）を水源とし、周囲の湧き水を集めながら、長崎村、池袋村、中丸村（板橋区）、滝野川村（北区）、巣鴨村を経て、小石川村（文京区）に至り神田川に注ぐ、区内最大の流域をもつ川でした（全長約十一キロメートル）。川の名称は、豊島・北・板橋区内では谷端川、文京区内では小石川（礫川）と呼ばれ、元禄九（一六九六）年に千川上水が完成した後、上水の水を川に引き入れたため千川分水とも呼ばれました。その後、近郊農業の発展とともに、谷端川は流域の人々の暮らしと密接に関わってきました。

中略

大正期に入ると都市化が進み、昭和初年から谷端川の改修と暗渠工事が始まりました。JR板橋駅より下流のこの地は、昭和十年前後に暗渠となり、上流域は昭和二十四年から改修・暗渠工事が行われ昭和三十九年に谷端川は全域が暗渠となりました〉

たしかに「簡にして要を得」た案内板です。そこには谷端川の簡略地図も記されていました。著者はそれを持参の地図に書き写し、またペダルをこぎ始めます。心の中にほんのり温かさを宿しながら――。

ところで、数年前に、警察庁が歩行者保護を柱とする自転車総合対策を打ち出しました。自転車がらみの事故や暴走運転などのマナー違反を防止するために、従来、法律に定められていた通り「自転車は原則、車道を走る」「歩道では歩行者優先」の原則を徹底しようというわけです。しかし、この本でも触れられているように、車道を走れば「絶え間なく後方から襲いかかってくる乗用車、トラック、バス、オートバイ、スクーターの恐怖にじっと耐えていなければならぬ」のが自転車です。歩道を走れば危険視され、車道を走れば邪魔者扱いされる、まことに自転車の立場は微妙です。

しかしセンセイは最後に「自転車はなぜ良いものであるのか」を概括して、こう述べます。

〈世の中全体が停電しても走れる。ガソリンが買えなくても走れる。ガソリンを燃やさないから環境に良いし、お金もかからない。人をひき殺したりしない。税金がかからない。一方通行路などかまわずに走れる。細い路地でも走れる。川があっても担いで渡れる。静かだ。走っているときでも停車しているときでも自動車のように広い面積をとらない。健康に良く、肉体を鍛える。壊れても簡単に直せる。長持ちする〉（あとがき）

こうして、「車庫には自転車が七台並んで出番を待っている」という状況が生まれます。さらに、自転車という優れものの最大の利点は何かといえば、それは速い、ということだと強調します。「ゆっくり走っていても速い」と。

〈わたくしは都心に用事があるとき、電車を常用していた頃、一時間の時間をみて出かけたものであった。寓居から都心まで、距離はだいたい十六キロメートルである。ところが、自転車を用いるようになった今も、要する時間は同じ一時間である。変わらないのである〉

自転車は「時間に関して正確」です。自動車のように渋滞に左右されません。まことに「頼りになる」存在です。ただ、事故の危険性が高いのも確かです。利用者自身もさることながら、歩行者を巻き込むケースが多発しています。老若男女を問わず、危険なサイクリストを見かけることもしばしばです。

解決法はカンタンではありません。いきなり「自転車専用レーンの整備を急げ」などと声高に叫べばいいというものでもありません。この本が語っているのは、その根っこの部分です。老サイクリストが身をもって示すのは、現代人が見失ってはいけないマナーのあり方です。著者の〝銀輪魂〟から汲《く》み取りたいのは、そのリラックスした心のありようです。

（No.４７１　２０１１年12月８日配信）

詩人、小説家であり、ジョイスやD・H・ロレンスの翻訳家でもあり、芸術かワイセツかをめぐって争われたチャタレイ裁判で注目を浴びた亡父・伊藤整を描いた『伊藤整氏　奮闘の生涯』（1985年）を読んだのが著者と出会った最初です。まさか「銀輪ノ翁」になるとは予想もしませんでした。ただ上質なユーモアはその当時からのもので、老いてますます健在です。

豊島で考えたこと

『ゴミが降る島』

曽根英二
（日本経済新聞社）

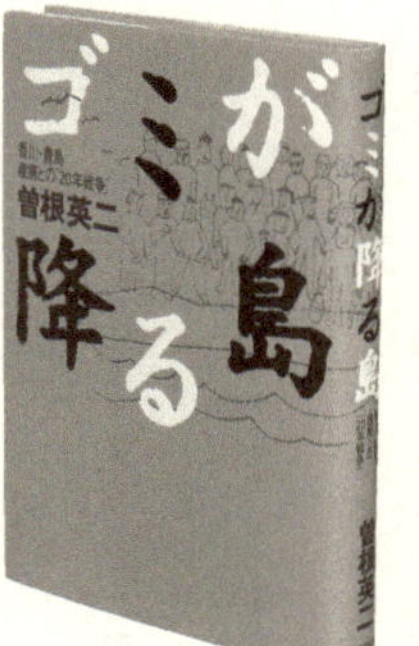

瀬戸《せと》内海《ないかい》に浮かぶ香川県の豊島《てしま》を五十数年ぶりに訪れました。前回は小学校に上がったばかりの夏休みでした。遠浅の海と白い砂浜、初めて目にする島の生活がものめずらしくて、いまでも断片的な映像が目に浮かびます。

　ところがその後、この島は大変な災難に見舞われました。もう忘れられかけていますが、1975年に始まったわが国最大の産業廃棄物の不法投棄事件、いわゆる「豊島事件」です。この時、悪辣《あくらつ》な産廃業者と、その横暴を容認した香川県を相手どり、住民による25年もの長きにわたる反対闘争が巻き起こります。県がようやく行政責任を認めて住民に謝罪する、そして廃棄物を島から搬出して隣の直島《なおしま》の処理施設で無害化する、という公害調停が成立したのは、2000年6月のことでした。

来年（2015年）で、その調停成立から15年という節目を迎えます。現在、廃棄物の約8割の処理が終わったところですが、完全撤去という最終目標を達成するには、まだ大詰めの正念場が残っています。さらに、マイナスをゼロに戻すだけでなく、そこにプラスの価値を積み上げていくには、別種の新たな発想と行動が求められます。

今回の島行きは、冒頭に書いたように一種のセンチメンタル・ジャーニーでもありました。小学1年生の夏、知り合いの一家とこの島で数日間を過ごしました。スイミング・スクールなど何もない時代、年長の子どもたちにまじって、海で水遊びをしていたことが数ヵ月後に運命を分けます。その年の11月23日の勤労感謝の日、遊びに行った大学構内の防火用水池に、過って落ちてしまったのです。

一人でその周りを走っていた時、水たまりに足を滑らせてしまいました。防火用水とはいえ、表面は緑の藻が覆っているような不衛生な泥水のプールです。もちろん子どもの背が届かないかなりの深さです。

運が良かったのは、休日とはいえ、たまたま大学図書館から出てきた学生が、落ちた瞬間を目撃して、すぐに駆けつけてくれたことでした。足元にあった枯枝のようなものを差し出し、私はそれにつかまって助かったらしいのです。詳しいことは分かりません。ともかく落ちた瞬間にパニックに陥ったら、そのまま溺《おぼ》れていたに違いありません。そうならなかったのは、夏に豊島に行ったからだ、と親たちから何度も聞かされました。「泳げる」という変な自信があったから助かった、運がいい、と。

その後しばらくして、同じような子どもの事件が起きました。その子は助かりませんでした。以来、周囲には鉄条網が張り巡らされ、やがては池自体が埋め立てられました。ですから、私にとって、豊島は命を救ってもらった、恩義のある島です。それがあろうことか、暴力団まがいの業者と行政の失態によって、とんでもない事件に巻き込まれたのです。1990年11月、兵庫県警がヘリコプターまで動員した大規模な強制捜査を行い、業者を廃棄物処理法違反の容疑で一斉摘発したニュース映像を東京で見た時は、島の惨状に愕然《がくぜん》とするばかりでした。

今回は、住民運動を率いて闘った安岐正三《あきしょうぞう》さんともお会いしました。曽根英二《そねえいじ》さんの迫真のルポ『ゴミが降る島』などでお名前はよく存じ上げていました。瀬戸内海国立公園の真ん中で繰り広げられた、白昼堂々の〝蛮行〟に対して、住民側のリーダーとして反対を唱え続けた一人です。

闘争の大きな岐路は、兵庫県警の摘発を受け、業者に有罪判決が下った後でした。「放置されたままの廃棄物を誰が回収するのか。業者は金がないと言い、香川県は自分たちに法的責任はないと言う。行政は誤りを認めないし、謝罪もしない。陳情、請願を繰り返しても、誰も何もしようとしない。不法投棄事件の時効まで、3年間塩漬けにされました」。

そして、「もう99・9％ダメだ。このまま時効を迎えるしかない、という時に、頼る先はこの人しかいないと思ったのが、弁護士の中坊公平《なかぼうこうへい》さんです。〝鬼の中坊〟と言われた人。私たちは彼を訪ねました。1993年9月25日のことです。時効までもうふた月を切っていた……」

10月10日、中坊さんが初めて来島した時の様子を、曽根英二さんが取材しています。

〈中坊さんはハマチ養殖の安岐正三さんとともに、現場の北斜面を下りる。急な斜面で高さは七メートル以上ある。「こんだけの高さになってるわけや……。すごいね」。下りきった所は幅四メートルほどの堀状になっていて水が溜まっている。産廃の層から出る水が直接海に流出しないよう海べりの簡単な土盛りの土手との間にクッションとなる堀を業者が作っているのだ。

「ほんま臭いニオイしてるね」。豊島を多くの政治家や行政関係者が訪れたが、実際に産廃の斜面を下りたのは、これまで誰一人としていなかった〉

このとき中坊さんは、「安岐さん、俺は64歳のおじいちゃんやで。下りて行くけどよう上がらんから、お前おぶってくれ」と言ったそうです。そして、産廃の山の一番底まで下りた時、こう尋ねたというのです。

「『ところでな。これほんまにお前、撤去できると思うか』。彼が私に聞くわけです。黙ってったですよ。そうしたら、『言え、怒らんから言え』ちゅうわけです。しようがないと思って、『できると思いません』と言いました。すると、『できると思わんことを、何で俺に頼んや』って物すごい勢いで怒るわけです。『できるとは思わん。だけどわれわれが先祖から引き継いだのは、こんな島と違う。きれいな豊かな島やった。われわれは一所懸命に反対して、阻止しようとした。撤去しようとした。けれども、できなかった。こういうことになった。われわれは多分できんやろう。できんけど、指くわえてじっとしているようなことはしたくない。負けるやろうけど、闘う。一矢たりとも報いたい。一太刀なりとも浴びせて、それを後世に伝えたい。俺たちはできんでも、次の世代のやつがきっと取り返してくれる。そういうことだ』と言いました。すると中坊さんは、『わかった。ところで安岐さん、あなた金ないやろう』と言うわけです。ごっついおっさんですよ。『金ないやろう。あんた知恵ないやろ。あるんはなんや。命だけやないか。命は一つや、平等や。そしたら体張れ。ええか。

それが約束や』と言う。『わかりました』と答えました」（安岐正三氏談話）

この話を聞きながら、思い出したのは中坊さんが闘った森永ヒ素ミルク中毒事件のエピソードです。後年、「それはまさしく私の青春でした」と語り、弁護士人生の転機をなしたという事件です。森永乳業徳島工場で作られた「森永ドライミルク」を飲んだ乳幼児の間に、1955年頃から「原因不明の奇病」が発生し始め、やがてこのミルクに有毒なヒ素が混入されていることが判明します。

『中坊公平・私の事件簿』（集英社新書）を読むと、この事件の弁護団長を頼まれた中坊さんは最初二の足を踏んだ、とあります。「勝てる弁護士」として実績を積み、40歳で大阪弁護士会副会長に就任するなど、「一番勢いがあった」その時期に、国や大企業を相手どって闘うようなことになれば、せっかく順風満帆で来た弁護士稼業に差し障りが生まれるのではないか、と。そこで、同じ弁護士であった父親に相談すると、74歳になる父は43歳の息子に向かって、こう諭したというのです。

「情けないことを言うな。お父ちゃんは公平をそんな人間に育てた覚えはないぞ。この事件の被害者は誰や。赤ちゃんやないか。赤ちゃんに対する犯罪に右も左もない。お前は確かに一人で飯を食えるようになった。しかし、今まで人の役に立つことを何かやったか。小さい

時から出来が悪かったお前みたいな者でも、人様の役に立つなら喜んでやらしてもらえ」（中坊公平、前掲書）

弁護団長を引き受けた氏が、そこで最初に実践したのは、被害者の家を見てまわることでした。毎週、土日を使って1年間、本格的に被害者の実態を調査しました。すると、〝ぼんぼん育ち〟の自分がまったく想像もしなかった世界が、そこにあるのを目撃します。

〈手足の動かない体を屈め、ベークライト製の皿に注がれたお茶を嘗めるように舌で飲み干して幸せそうに微笑む被害児。近所の子供らに「アホー」と蔑《さげす》まれ、水や砂をかけられても笑っていながら、自分の家に戻るなりわっと母親に泣きすがる被害児。「被害児」といっても、みんな一七歳、一八歳です。そして、そういった子供の世話をする母親たちが、ヒ素が混入されたミルクを製造販売した加害者ではなく、ミルクを飲ませた自分自身をひたすら責め続けるという悲哀。罪なくして罰せられ、地を這うようにして生きる被害者家族の現実はあまりに惨《むご》かったのです〉（同）

こうして全身全霊を傾けてこの事件に取り組んだ中坊さんが、1973年5月31日の第1回口頭弁論で見せた気迫は凄《すさ》まじいものでした。すべてを暗記し、原稿に一度も目をやることなく、一語も間違えずに終えたという弁論。「四〇分近い弁論を終えた時、裁判官の表情に変化が表れ、この事件の真相を理解しはじめてくれていると実感しました。激しい喜びと感動が込み上げてきたことを昨日のことのように思い出します。私にとって、終生忘れることのできない冒頭陳述です」。

この事件を機に、自分は「世の中には不条理に泣く人があまりにも多いこと」に目覚め、〝公平〟という名前のように、「自分個人のためではなく、少しでも公のために何ができるかということを問い直していくのが正しい生き方だと思うようになった」といいます。

そして徹底した現場主義――。「現場に足を運び、五感を総動員すれば問題の本質が見えてきますし、法律だけに頼らない迫力、説得力が出てきます。……事件を繙《ひもと》く本質は法律にあるのではなく現場にあります。現場の中に小宇宙があり、現場に神宿る」と。

2013年5月3日に中坊さんは亡くなりますが、前年の暮れに京都の住まいに呼ばれた安岐さんが最後に言われた言葉も、この人らしいひと言です。「俺は最後にきれいになった豊島が見れない」と涙をボロボロこぼしながら語りかけました。「ええか、お前。見届けてから俺のところへ来い。最後にきれいになったところを見届けてから、俺のところに来て報告せい。ええな、それまで来るな。わかったな」――。

東京では、2013年の「偲《しの》ぶ会」(7月1日)に続いて、2014年8月25日にも「中坊さんを偲ぶ一周忌の集い」が開かれました。ある出席者が日本の司法と民主主義の現状を念頭におきながら言いました。「中坊さんなら、いまの日本の状況をどう認識し、いかなる処方箋《しょほうせん》を用意し行動するかと問い続けることが大切だ。単に偲ぶ対象ではなく、これからも〝生きていてほしい〟人だ」と。おそらくご当人もこう言うに違いありません。「懐かしがっているだけではあきません。あんたらがしっかりせんと」「自分のためでなく、人のためにどこまでできるか」――叱咤《しった》する大声が聞こえてきます。

（No.611　2014年11月20日配信）

「豊島事件」をきっかけに、文中の故中坊公平氏と建築家の安藤忠雄氏が呼びかけ人となってNPO法人「瀬戸内オリーブ基金」が2000年に設立されました。瀬戸内の環境保全、再生に関わる活動を行っていて、ユニクロ、ジーユー全店のレジ横に小さな募金箱が置かれています。〝継続〟の力によって、島に緑が少しずつ戻ってきています。

春夏秋冬、まだイタリア

『ジーノの家――イタリア10景』内田洋子（文藝春秋）

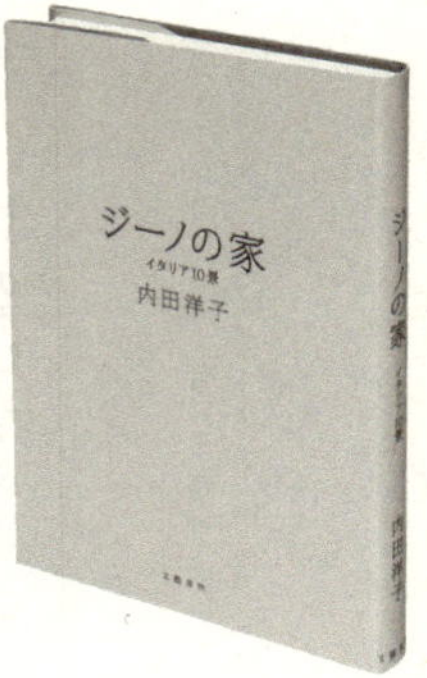

淡い落ち着いたブルーの地の上に、書名がそっと置かれたシンプルな装幀《そうてい》。目次に並んでいる各章のさりげないタイトル。書店で手にした瞬間、明るく派手なイメージばかりが強調されるイタリアという国の、まったく別な側面を伝えようとする静かな意思を感じました。読み始めてまた、驚きます。ひとつひとつが完成度の高い短編小説のような、あるいは映画の名場面に触れるような、エッセイともノンフィクションとも呼べる、粒ぞろいの作品集だからです。

描かれているのは、これまであまり語られることのなかったイタリア人の普通の暮らしです。登場する人たちは、出身地も、年齢も、境遇も、個性もさまざまです。共通しているのは、表立って注目されることもなく、平凡に静かな生活を送っている人たちだということです。著者は、そうした人々の人生の哀歓、機微を、落ち着いた大人のまなざしで、温かく、柔らかに表現しています。イタリアに住んで三十余年という歳月のなかで、自分が出会ったかけがえのない人や場所の思い出を、慈しむように書きとめた10の断章です。

イタリア北部にリグリア州というところがあります。南は地中海に面し、北はアルプス山脈とアペニン山脈の山々が海岸近くまで迫る、東西に細長く伸びた地域です。そこのインペリアという港町。著者によれば「さしたる取り柄もない」地方の小都市です。すぐ西のフランス国境の向こう側には、モナコ公国やコートダジュールのような華やかな一帯が続くというのに、「こちらイタリア側はといえば、栄えるでもなし滅びるでもなし。鄙《ひな》びた田舎の港町のまま」という好対照ぶりです。

そこにどうしたはずみか、家探しに出かけるというのが表題作「ジーノの家」です。1年を通して曇天が多く、冬も長いミラノに比べて、気候はいいし、ほどほどに都会の機能も備わっていて、しかも海もあれば山もある。そういう「地方の小ぢんまりした町を試してみようか」というのがきっかけでした。

すでに読者は先の章で、この土地には「自分はホクサイ（葛飾北斎《かつしかほくさい》、引用者註《ちゅう》）の生まれ変わり」と称する、不思議なイタリア人画家を著者が訪ねていることを知っています。そこにはまた「イタリア語に似た不思議なことば」を話す和服姿の日本の老婦人が出入りしていることも――。それがどう影響したかは不明ですが、著者は新聞の不動産広告を熱心に繰りながら、ここで優良物件を探し始めるのです。

目にとまったのは「住み手の個性を生かせる空間」という謳《うた》い文句でした。事情通が読み解けば、「住み手に個性がないと住みこなせない家」という手ごわい物件を予想させます。大家が現われてみると、「うだつのあがらない、という言葉をそのまま形にしたような五十過ぎの男」でした。家を借りようかという人間を前にして、ろくな挨拶も自己紹介もありません。心中むっとしながら、男のあとをついて急な坂道を上り始めます。すると、後ろも振り向かずに、男がぼそっと話し出しました。

「僕は、ジーノ。あなたと同じく、他所者《よそもの》です。五十年前に、生活に困った両親が南部から職を探して北上し、たまたまここへたどり着いた。故郷は南も南、イタリア半島さい果ての地のカラブリアで、名も無い貧村です。僕は一歳だった。弟二人はここで生まれて、以来こうして山にしがみついて暮らしてます」

訛《なまり》のないきれいなイタリア語で語られる一家の歴史に、著者は思わず引き込まれます。ジーノの両親が見捨てたカラブリアという土地は、「いつの時代にも世の中から置き去りにされ」、一度も日の当たることがなかったイタリア南部の不遇な場所です。両親はそこを抜け出し、ようやく辿りついたこの土地で、海に向かった急斜面に栽培されているオリーブの手入れをしながら、微々たる生活費を得て暮らし始めます。足場の悪い斜面を這《は》い上っては下りして、オリーブの実を丁寧に手で摘む作業は、「農作業のなかでも過酷なものの筆頭」だと言われています。それを懸命にこなし、「一リラでも多く稼ごう」とするその姿を見て、地主は「こりゃ、ロバより働く」と驚きます。

この評価が、やがて地主から、山頂の小さな家と僅《わず》かな畑を生前贈与されるという一家の幸運をもたらします。そういう苦難の歴史がこめられた家。そして風になびいて揺れる、頼りなげな一本の電線が、外界とこの家とをつなぐ「ただ一つの接点」であるような住みか──。

著者は不意に、この家を「このまま放っておけないような、いたたまれない気持ち」になって、「私が借ります」と即答していました。冷静になったのは、「坂下まで降りて照れたように礼を言うジーノと別れて、しばらくして」からでした。「急な坂道はどうする。書類や本、家具をここまでどう運ぶのか。果たして、電話はつながるのだろうか。どうする」。

〈しくじった、かな。しかし、いまさら後悔してももう遅い。なぜそんな不便な家を借りることを即決したのか。一方的に訥々《とつとつ》と続いた独り語りを聞くうちに、ジーノに酔ったとしか思えない〉

そして、話はここからさらに展開し、哀しくほろ苦い余韻を残す結末へと続きます。カラブリアもそうですが、シチリア紀行、ナポリ再訪の章が続くように、著者にはイタリア南部への愛がひときわ強いように思われます。光と影でいえば、影の部分に惹かれてしまう性向は、留学生として最初に住んだのがナポリだった、ということが多分に関係しているかもしれません。ともあれローマ、フィレンツェ、ヴェネツィア、ミラノとお決まりのイタリア紹介から、視界が大きく広がるのを感じます。

それにしても、自分は異国からの移民だから、「ひとつの土地にさしたる思い入れや血縁の義理があるわけでもなし。ならばいっそ、そのときの気分にまかせ、各地を少しずつ巡り住むのも面白いのではないか」という著者は、実に果敢に引っ越しています。たとえば海のリグリアから山のピエモンテへと向かう、州境の山の上のポッジという村。教会が山道を塞《ふさ》ぐようにして立つだけの殺風景きわまりない寒村に、選《よ》りによって転居します。「あれほどにさみしげな村を見たのはイタリアに住むようになって初めて」だった、という理由です。

〈イタリアの町の特徴は、広場である。町の要所には広場があって、人が集まり情報や商いの流れができて、町は機能し発展する。ところがポッジには、広場がない。一つもない。道沿いの集落に住む人たちは、集まる場所を持たない。集まって話す必要のない暮らしというのは、私がそれまでに住んだイタリアにはない、未知のものだった。ただでさえ住人が少ないというのに、そのわずかな住人の間ですらかける言葉を出し惜しむような、冷えきった空気があった〉

そんなうすら寒い村の生活をミラノから引っ越してまで探究しよう、というところが、この著者の真骨頂です。はたして敬虔《けいけん》なイスラム教徒であるトルコ人、フランス、ドイツ、ギリシャ、イギリス、オランダ、アメリカ、スペイン、ブラジル、韓国、アフリカ、ペルーにイタリア。実にさまざまな人種が集うこの村は「いったいここはどこなのだろう」と、著者の好奇心をかき立てます。

かと思えば、海から引き上げられた古式帆船を修繕して、終《つい》の棲《す》み家《か》にしようとした定年退職者を描いた一篇に登場する船で「しばらく生活することになった」と、「あとがき」に出てきます。しばらくというのが、「板子一枚で海と隔てられた、不安定な暮らしは六年間におよんだ」とも――。この行動力たるや恐るべし、です。イタリアという国も底知れぬ深さを秘めていますが、著者の探究心も並ではありません。

〈イタリアで生活するのは、私には難儀なことが多くて、毎年「これでおしまい」と固く心に決めるのに、翌年も相変わらずイタリアにいる。とにかく、歩けば問題に当たるようなところである。……

問題の数だけ私は打ちのめされたが、起き上がってみるとその数と同じ分の得難い知人と経験が手元に残った。それらを引き出しにしまい、だんだん引き出しがいっぱいになり、数が増えていくのが嬉しかった。気がついたら、春夏秋冬、まだイタリアにいる〉

著者は長らく、日本のマスコミに向けてイタリアからのニュースを送る仕事をしてきました。政治経済からスポーツ芸能まで、幅広い報道の素材を提供する役割です。その一方で、どこにもニュースとして取り上げられることのない、名も無い人たちの日常生活の見聞が、次第に引き出しの奥に溜《た》まっていきます。甲高く語られる派手なイタリアよりも、陰影や奥行きを感じさせる「乙なイタリア」を紹介したい――これまで日本語では描かれなかった領域に、新たな光をあてる画期的な1冊です。

（No.473　2011年12月22日配信）

2011年、本作で日本エッセイスト・クラブ賞、講談社エッセイ賞をダブル受賞。近年私の出会った中でも、著者はもっとも嚙（か）み応えのある書き手の一人です。行動力、観察力、記憶力、構成力、文章力……すぐれた特長はいくらでも挙げられますが、イタリアかぶれとは対極の彼女が、イタリア人のありふれた暮らしになぜ引き寄せられてしまうのか——そのプロセスと謎が、読む者の心を騒がせます。

Ⅵ 生と死を考える

生の輝く時

『さもなくば喪服を』

D・ラピエール&L・コリンズ

（ハヤカワ文庫）

三十数年ぶりに古い文庫本を探し出しました。「天地小口の経年ヤケ」がさすがに歳月を感じさせますが、作品の圧倒的な面白さはかつてにも勝って感じられます。あらためて比類のない傑作だと脱帽しました。

１９３６年、スペイン市民戦争が勃発《ぼっぱつ》した年に、アンダルシア地方の寒村パルマ・デル・リオにマヌエル・ベニテスという名の男児が誕生します。相好を崩して喜ぶ父親とは対照的に、母親は「また一人食わせなきゃならないのが生まれたよ」と、12歳の娘を前に涙を隠しません。やがて第二次世界大戦の前哨戦《ぜんしょうせん》の様相を呈したスペイン内乱が、この貧しい小作人一家の運命を大きく揺さぶります。戦争の混乱の中で母を、そして父をあいついで喪《うしな》った子

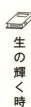

どもたちは、家族離散のやむなきにいたり、餓死すれすれの生活を余儀なくされます。そうした苦悩のどん底を這《は》いつくばりながら、数知れぬ挫折《ざせつ》にも夢と希望を見失うことなく、マヌエルは「富と名声」の約束された明日の闘牛士をめざします。

ほとんど可能性が閉ざされているかのように思われた狭き門でしたが、やがて天才闘牛士エル・コルドベスとして次第に頭角をあらわし、ついにスペイン中の注目を集める存在となります。そこにいたるまでの苦難の半生を、激動する同時代史、あるいは闘牛に関わるさまざまな人々の個性、この国の精神性と重ね合わせながら、透徹した目で生き生きと描ききった壮大なノンフィクションです。ひとたび目にすれば決して忘れられないタイトルは、本書の冒頭に掲げられた「マヌエル・ベニテス〝エル・コルドベス〟が姉に語ったことば」から取られています。

その日は、主人公がスペインの勇敢な牡牛《おうし》と最初に闘う乾坤一擲《けんこんいってき》の勝負のときでした。もしこの闘牛に失敗したら、またの機会はない。もし負傷したとしても、「立ち上がって、気絶するまでやるんだ」。興行師はきびしく彼に言い渡します。「もちろんですとも……牛を殺さなきゃならないとなれば、自分のはらわたを踏みしめてでも殺してみせますよ」――大声で笑いながら、闘牛士は衣服を身に着けます。そして寝室を出ると姉の前に現われ、身の上を案じて涙を流す彼女に言うのです。

「泣かないでおくれ、アンヘリータ、今夜は家を買ってあげるよ、さもなければ喪服をね」

作中に、この場面が実際に現われるのは全体の3分の2を過ぎたあたり。現在と過去とを行きつ戻りつしながら展開されていく構成で、緊張をはらみながら進展してきた物語は、ここに至ってもなお先の様相が予測不可能です。それだけに、この言葉が重く、象徴的に響きます。

今回、再読してふと思い出したのは、「最初のページの一文を校正しただけで胴震いがして、赤鉛筆が止まってしまった」と語った、いまは亡き人のことでした。「なんて文章だ。なんという抽象力だ」と、最初のページのハードボイルドなひと言に打ちのめされ、「ゲラの上に顔を俯かせて仕事をすすめているふりを取り繕った」といいます。「いくらなんでも、校正をしながら泣く人間がこの世に存在することを悟られたくなかったのである」と。

文庫化されるこの世界的ベストセラーの校正の仕事を最後に、勤めている会社をまさに辞めようとしていた（そして実際に退社し、その後ノンフィクション作家となり、44歳の若さで亡くなるまでこの作品を偏愛し続けた）その人、井田真木子《いだまきこ》さんは書いています。「あの本には震えた。闘牛士マヌエル・ベニテス〝エル・コルドベス〟のあの物語には」と。

〈〝喪〟という言葉を、こんなにも優しく、しかし乾いた語感で、また正確に〝生〟と鮮やかに対比して使った例を、私はそれまでに見なかった。家を買う行為は、すなわち生きることである。しかし、それに失敗したときでさえ、人間には喪服を購《あがな》う儀式が残されている。生と死は、その間に〝喪〟という時間を挟み込んだとき、初めて、人間にとって親しげでどこか哀しい風景として立ち上がってくるのだ。

喪の儀式に送られることなく死んだ人も、喪の時間を何より恐れる人も、そして死について何も考えない人も、いつか心に喪をまとうときをむかえる〉（井田真木子『かくしてバンドは鳴りやまず』リトル・モア）

天才闘牛士エル・コルドベスの武器は、人並みはずれた勇気でした。無謀ともいえる「死にもの狂い」の勇気。極貧生活から脱して、いつか〝太い葉巻をくわえてパナマ帽をかぶった〟ひとかどの人物になりたいと渇望していた青年には、闘牛士の技術以上の何ものかが備わっていました。それは闘牛場で観衆を総毛立たせる何か――彼らをはらはらさせ、ふるえあがらせ、それゆえに闘牛場へとかりたてる、狂気と背中合わせの勇気でした。人々を熱狂させ、鳥肌だたせる彼の勇気がどこから湧いてくるものなのか。おそらくは彼の心の中に深くまといついていた、底なし沼のような〝喪〟の風景だったように思われます。

だからこそ姉は、後年、取材者にこう語っています。弟が家を買うか、さもなくば喪服を着せてあげようと誓った日の、あの予言の残りの部分が、いつの日か太陽の照りつけるある午後に、名も知れぬ町の、どこか遠くの闘牛場で現実のものになるかもしれないと片時も忘れることはなかった、と。

作中には、夥《おびただ》しい死が登場しています。主人公の身のまわりだけを取り上げても、内乱に駆り出された父が不在の間、一家を必死で支えようとして力尽き、１９４１年、36歳で逝《い》った母。善良な働き者として人々に愛されながら、巻き込まれたスペイン市民戦争の罪に問われ、わずか48時間の再会の後に逮捕され、１９４７年に獄死していった父。内乱の犠牲となって虐殺された近隣の人々。戦後の飢えと困窮の中で倒れていった多くの人たち。あるいは、主人公と同じように、闘牛士をめざしながら道半ばで落命した若者たち。

何度も地の底に突き落とされるような屈辱を味わいながら、それでも不屈の精神で日陰《ソンブラ》から日向《ソル》への野心の旅をあきらめなかった青年は、ついに首都マドリードの大闘牛場ラス・ベンタスのひのき舞台に立つ日を迎えます。１９６４年5月20日、この日、満28歳となった青年は、闘牛の伝統と格式を重んじる保守的な闘牛支持者からは冷たい視線を浴びますが、闘牛場を埋め尽くす大観衆は、彼の「すらりとした挑戦的な姿」に新生スペインの息吹を感じるのです。

栄光と挫折、富と貧困、支配と隷属、生と死――闘牛場における日向と日陰の激しいコントラストをそのままに、「ただの飢えた顔の汚れた少年」は、乱れた髪と天使のような微笑と、ほとんど横柄なまでの勇気を武器に、新しい時代のヒーローとして、衰退の一途をたどっていた闘牛界に躍り出るのです。熱狂する観衆であふれた場内は興奮の坩堝《るつぼ》と化します。

さらにスペイン国民総数の約半分を占める2000万人もの視聴者が、その頃普及し始めたテレビの前に釘付《くぎづ》けとなります。町からは人の姿が消え、学校も工場も商店街も、闘牛を見るために〝早仕舞い〟して備えます。「今日の午後は、男になるか担架に乗って病室のドアをくぐるか、どっちかだ」。

〈これこそ、エル・コルドベスが成就したいと願っていたことすべてが成就された瞬間だった。これまでうけた打擲の数々、飢えの苦しみを、慰め、いやしてくれる瞬間だった。リング中央に立った彼は、まさに〝ひとかどの人間〟の真髄そのものだった。二〇〇〇万の人々が彼の名を呼んでいた。しかも彼は――ただ一人、自分の世界で、自分の身のまわりに牛をぐるぐる回転させていた。

その瞬間、エル・コルドベスは幸福に酔い痴れていた。彼は、自分が生きているという信じられない感情以外には、世に価値のあるものはないのだという、「雲に乗ったような」気持だった。またもや彼は牛を引き寄せると、自分のからだを軸にして……ぐるぐるひきまわした。濡れた砂の上で滑ったりころびそうになったりしながらも、彼は牛を引き寄せ、熱い、波打つ脇腹がからだをこするままにさせて、しまいにはこの野生の輪舞に目もくらみ、やや吐気がするまで続けるのだった。彼は、なにもかも……すべてを忘れ去った。彼にわかっているのは、ただ自分がやっている痛快な、狂おしいほどのよろこびだけだった〉

ここにあるのは、自らの野心をかなえた男の頂点を切り取った描写だけではありません。もとより、闘牛を〝野蛮極まりない見世物〟とするステレオタイプの認識でもありません。それ以上のことが、鮮やかに、雄弁に物語られています。

闘牛における牛の宿命は、最後の避けられない死にあります。闘牛士は牛をいけにえとして屠《ほふ》る人です。しかし、闘牛のユニークな点は、これから死ぬ運命にある牛に、自分を屠ろうとする人間を値踏みする「高貴な特権」を与えた点です。すなわち、自分を殺そうとしている人間を角の一突きで「不具にするか、殺す機会を与えられる」という、人間の側から見れば逆襲を受ける危険の要素を持ち込んだことです。勇気と名誉心を重んじるスペインの国民性にふさわしい形式だと言えるでしょう。

しかしそれ以上に興味深いのは、ここでエル・コルドベスが無意識にまとっている逆説的な謙虚さです。生き物の世界は、殺すものと殺されるものとのつながりの中で成立しています。この闘牛士は牛に対して、単なる残忍な殺戮《さつりく》者でもなければ、支配者でもありません。牛とともに自然の秩序の中に生きる者として、おそらくは無自覚にせよ、自ら進んでより大きな存在の前にひれ伏しているかのように見えます。この「狂おしいほどのよろこび」の祝祭性は、それを余すところなく伝えています。この描写ほど輝かしい一節はありません。

〈……これこそが、闘牛というものを単なるスポーツや見世物以上のものにし、闘牛場を劇場以上のものにし、牛を人間の虚栄心の単なるアクセサリー以上のものにするのである〉

やはりスペインの生んだ哲学者オルテガ・イ・ガセーの「狩猟論」であったと思いますが、獲物から生命を奪う血なまぐさい狩猟家こそが、人間の卓越性への過信、傲慢《ごうまん》な所有欲、征服者の無意味な殺戮を相対化する——という省察を思い起こさせます。

この作品がフランス人のドミニク・ラピエールと米国人ラリー・コリンズの共同執筆の産物だということは、他の彼らの代表作――『パリは燃えているか?』『今夜、自由を』『おおエルサレム!』(いずれも早川書房)などと同様に、それ自体が奇蹟《きせき》のように思えます。

「スペイン語を流暢に話すラピエールが闘牛士について歩きまわる一方、コリンズは毎日……闘牛士の生れ故郷パルマ・デル・リオに赴いて、家族や友人、知人から市民戦争時代の町の生活について訊き出した」といいます。こうして1年余りの取材をした末に、2人は「ラピエールの別荘にひきこもり、一年間毎朝六時から午後二時頃まで、著作に没頭」します。

〈まず六週間くらいでアウトラインを一〇〇ページくらいにまとめたあと、それぞれの部屋にひきこもって、英語とフランス語で書き進め、たがいに熟読し加筆して、議論を重ねたあげくに決定稿を練りあげた。テキストが出来上ったのは『パリは燃えているか?』と同じく、英語版が五分ほど早かったという〉(訳者解説)

『第五の騎手』(早川書房)を最後にコラボレーションを解消した2人ですが、もともと資質においては対照的で、それぞれが母語で仕上げた英語版とフランス語版では、テキスト自体にも違いが歴然としていたと聞きます。英語版をもとにした本書で親しんできましたが、物語作者としての力量はラピエールが圧倒的だというのが定評です。

（No.５０２　２０１２年７月19日配信）

本書を最初に薦めてくれた沢木耕太郎さんが、最近も角幡唯介（かくはたゆうすけ）さんとの対談で本書を激賞しています。「ノンフィクションの書き手が到達した最高の作品のひとつ」――「エル・コルドベスという闘牛士の晴れ舞台の叙述の中に、彼の来歴を含めたスペインの歴史を交互に入れ込んで」、「インタビューや取材したものを完璧に再構成している」と。ちなみに、いま時代小説で人気作家の佐伯泰英（さえきやすひで）さんを初めて知ったのは、１９７６年の『闘牛』（平凡社カラー新書）であり、１９８１年の『闘牛士エル・コルドベス１９６９年の叛乱』（集英社）がそれに続きました。

もがきながら、楽しもう！

『へろへろ——雑誌『ヨレヨレ』と「宅老所よりあい」の人々』

鹿子裕文（ナナロク社）

　2015年の夏頃です。人を食った名前の雑誌が出ていて、これが実に面白いという評判を耳にしました。「ヨレヨレ」という、福岡市にある老人介護施設を舞台にした雑誌です。介護専門誌というのでもなく、お年寄りの同人誌でもない。ノン・ジャンルの、ともかく風変わりな雑誌だというのです。

「フーン」と言いながら、好奇心のセンサーは反応しました。ところが、ボヤボヤするうちに、現物を見るよりも早く、この雑誌を一人で思うままに作っている編集者の著書を手にすることになりました。本書です。

「福岡の介護施設、『宅老所よりあい』の人々が、お金を集め、力を合わせ、自分たちで特養を建てるまでの4年間を、ユーモアたっぷりに描いた実話エッセイです」という案内の手紙が添えられて、その年末に版元から送られてきたのです。

年が明けてすぐに読みました。面白い、抜群に。著者を含め、登場する人物がとにかくエネルギッシュです。「ヨレヨレ」だとか、「へろへろ」とは名ばかりの、骨っぽいパワーの持ち主ばかりです。慌てて、既刊の「ヨレヨレ」4冊をまとめて買いに走ります。取り扱い書店の下北沢《しもきたざわ》B&Bまでダッシュです。

著者は「売れっ子」ならぬ「ひまっ子」——仕事の依頼件数ゼロの日が続く「干されっ子」編集者を自認しています。福岡市に住み、縁あって(類が友を呼び)、ユニークな介護活動を続ける「宅老所よりあい」の世話人に名を連ねます。そして、2013年9月に雑誌作りの依頼を受けるのです。

声をかけたのは、「宅老所よりあい」のツートップ、下村恵美子《しもむらえみこ》、村瀬孝生《むらせたかお》の両氏です。下村さんが言いました。「鹿子(かのこ・引用者註《ちゅう》)さんがおもしろいと思うことをそのまま書いてくれればそれでいい。わたし、そういう雑誌を読んでみたい」——。へそ曲がり編集者の心のツボを押す、何ともニクイ誘いです。さかのぼること2年前、「宅老所よりあい」に出入りし始めた著者に向かって、「……あなた原付バイクで来るじゃない。そんときにさ、ちんちん出して来てくれんかな?」「下半身すっぽんぽんでバイクが来たら笑うやろ?　年寄りも絶対そういうの好きなけんさ」と言い放った肝っ玉女性ならではの殺し文句です。

〈新雑誌のタイトルはその場で決めた。五分もかからなかったと思う。老人介護施設には、ぼけを抱えたお年寄りたちが「ヨレヨレ」しながらたくさんいる。そういう施設が出す雑誌だから『ヨレヨレ』だ。それに「宅老所よりあい」の職員はとても働き者だ。みんな「ヨレヨレ」になりながら働いている。だから『ヨレヨレ』だ〉

「好きなように作ってほしい」というココロは、いわゆる広報誌を目指す必要はありません、ということです。

〈僕は単純に「読んでおもしろい雑誌」にしようと思った。老人介護施設の出す雑誌だからこそ、おもしろくしたいと思った。身内や介護専門職だけが読む雑誌じゃつまらない。むしろ、そういう世界にまるで縁もゆかりもない人たちが手に取り、読んでもらえる雑誌にしたかった。腹を抱えてげらげら笑ってもらえたら最高だ。介護の世界やぼけの世界を扱うからこそ、ゆかいで痛快で暗くないものを作りたいと思った。

幸か不幸か、「宅老所よりあい」にはおかしな話がいくらでも転がっていた。めちゃくちゃすぎるエピソードの弾薬庫だった。僕は「よりあい」の人々と友だちのように付き合っていたから、そういう話をたくさん知っていたし、ぼけたお年寄りと職員たちが繰り広げる世にも奇妙な寸劇的場面にもたびたび遭遇していた。僕がおもしろいと思うのはそういうことだった〉

では、「宅老所よりあい」とは、どういう起源の施設なのか。1991年11月といいますから、四半世紀前の話です。当時92歳の一人の老女がいました。大場《おおば》ノブヲさんというおばあちゃん。気骨ある明治女で、旦那《だんな》さんと死に別れてから、マンションで一人暮らしを続けていました。しかし、「ぼけ」が深まるにつれ、その姿は次第に妖怪《ようかい》じみてきます。まるで風呂《ふろ》に入らない。下《しも》の具合も怪しい。伸びたざんばら髪を振り乱し、着の身着のまま、ケダモノ臭をまき散らしながら近隣を徘徊《はいかい》する。そして、たびたびのボヤ騒ぎ。大量の食べ物を腐らせた異臭騒動。マンションの住人からは「もう生きた心地がしない。どうにかしてくれ！」と悲痛な叫びが上がります。

そこで声をかけられたのが、社会福祉士の下村恵美子さんでした。下村さんは、そういうインパクトの強い「とてつもないばあさま」が大好きだというタイプでした。彼女はさっそく出かけて行きました。ドアチャイムを押して待つこと15分。固く閉ざされた玄関の扉が、ようやく開いたその瞬間――。

〈信じられない臭気が部屋からどっとあふれ出てきた。便臭と腐敗臭とケダモノ臭がカクテルされた強烈なにおいは、色でもついているかのように目に染みた。その臭気をまるで香水のように身にまとい、垢《あか》まみれの服を着た、ざんばら髪の、腰の曲がった、眼光だけは妙に鋭い、夜叉《やしゃ》か、モノノケか、ヤマンバか、そういう姿をした大場さんが出てきた。

「あんたぁ誰ね！　なんの用ね！」

下村恵美子は一瞬にしてときめいた。今まで出会ったばあさまの中でも、最強クラスのばあさまだったからだ。玄関先で喜びに震えながら、下村恵美子は立ったまま大場さんの話を聞くことになった〉

手ごわさは並大抵ではありませんでした。下村さんは2人の仲間の加勢をあおぎ、「あたしゃここで野垂れ死ぬ覚悟はできとる！」というばあさまをなんとかしようと動き始めます。こうして福岡市中央区《ちゅうおうく》のはずれにある地行《じぎょう》という歴史ある町の、伝照寺《でんしょうじ》というお寺のお茶室でデイサービスが始まります。

誰もが手を焼き、困り果てていた一人の老女。孤立し行き場を失っていた彼女の居場所を作りたい。なら、頭で考えるより先に身体を動かせ！　「つべこべ言わずにちゃちゃっとやる！」——そこから、「宅老所よりあい」はスタートします。「施設ありき」ではなく、一人の困り果てたお年寄りに「沿う」（寄り添う、ではなく）ところで幕を開けます。

やがて、下村さんを起点にした女３人の船出に、村瀬孝生さんという願ってもないプロジェクト・リーダーが加わります。支援する人の輪も広がります。そして「宅老所よりあい」は、ついに総額３億２０００万円の特別養護老人ホームを建てるまでにいたります。この間、お金をいかにして集め、難題が降りかかる度にそれをどう乗り越え、たくましく、したたかに存続してきたか。「日本一貧乏な運営をしている施設」といいながら、何とかもちこたえてきた秘訣《ひけつ》は何なのか——不思議な生き物の生態を解き明かすかのように、現場を密着レポートしたのが本書です。

ともかく登場人物がユニークなキャラぞろいです。下村さんの抱腹エピソードはとても描き切れません。村瀬さんは「母性本能をくすぐらせたら日本で五本の指に入るような男」というコアラ似の風貌《ふうぼう》、温厚な人柄の持ち主です。それでいて、２人ともに92歳の大場ノブヲさんに負けないくらい、筋金入りの意地っ張りで、大事なことを見失うまいとする人たちです。

雑誌「ヨレヨレ」を編集しながら、著者は改めて思います。

〈村瀬孝生は「ぼけても普通に暮らしたい」というお題目で講演を続けている。……よくよく考えてみれば――「ぼけても普通に暮らしたい」というお題目が成立するのは、「ぼけたら普通に暮らせない」社会になっているからだ。なぜそんな社会になっているのだろう。誰がそんな社会にしてしまったのだろう。ただ「ぼけた」というだけで、住み慣れた家での生活に終止符を打たれてしまうのはなぜだろう。その終止符を打っているのは誰だろう。追い立てるように施設に入れて、それで安心を得ている生活者とはいったい誰なんだろう〉

「宅老所よりあい」は、「宅老」であって、「託老」ではありません。命名ひとつに主宰者の意地が読み取れます。「ぼけた人を邪魔にする社会は、遅かれ早かれ、ぼけない人も邪魔にし始める社会だ。用済みの役立たずとして。あるいは国力を下げる穀潰《ごくつぶ》しとして」。私たちを待ち受けている「老い」とは、本当にそういうものなのだろうか。それはどうにかできないものなのか。「宅老所よりあい」はそれを自分たちの手の届くところから、地道に、時間をかけて変えていこうとしている……。

創刊号の表紙に刷りこまれている「楽しもう。もがきながらも。」のキャッチフレーズは、こうした反骨精神のマニフェストです。「あるときはしたたかに、またあるときは笑い飛ばしながら、自分の居場所に旗を立て、その旗もとにどっかり腰を下ろし、今日も明日も明後日も、悠々とふんぞり返って握り飯を食おうじゃないかという心意気の表明」です。

「ヨレヨレ」は、2013年12月に創刊号が、そして翌年5月に第2号、10月に第3号、第4号は約14ヵ月ぶりに、2015年12月に発行されました。1冊500円。本屋に流通させずに3000部を売って、「よりあい」の資金調達の一助にしようという目論見《もくろみ》です。いまでは取り扱う書店も次第に増え、創刊号は5刷、第2号は3刷と快進撃を続けています。

その企画、取材、撮影、執筆、編集、レイアウト、制作進行……すべてを一人でやっているのが著者の鹿子さんで、「ヨレヨレ」をライフワークにしたいと、全力投球の構えです。


〈徐々に組み上がっていく創刊号は、世にも奇妙な雑誌になっていった。職業柄、これまでずいぶんたくさんの雑誌を読んできたつもりだが、そのどれにも似ていない。いびつで、バランスを欠いていて、ねじれていて、やりたい放題で——僕は少しぞっとしてしまった。なんのことはない、自分が本当におもしろいと思う話だけを取り上げて、一人で悪戦苦闘しながら黙々と作ったら、自分という人間にそっくりな雑誌が姿を現し始めたのだ。これは大変なことになった。なんてったって僕は、人から好意を持ってもらえるようなタイプ

の人間ではないのだ。雑誌までそんなことになったら目も当てられない。本当に三千部も売れる雑誌になっているのだろうか〉

創刊記念の対談では、詩人の谷川俊太郎《たにかわしゅんたろう》さんが認知症度テストを受け、衝撃の診断（！）を下されます。ルポ「看取り合宿・10日間の記録」では、5人の職員が寝食を共にし、96歳のおばあちゃんを看取るまでの克明な実録秘話が描かれます。それが第4号まで連載されます。

表紙と挿画を担当したのは、創刊時小学4年生だった奥村門土《おくむらもんど》君で、著者の畏友《いゆう》の息子です。ミュージシャンである父がお題を出し、息子がそれに応《こた》える親子の似顔絵キャッチボールが、父親のブログにアップされていました。それに目をつけた著者が、「ヨレヨレ」のイラストレーターに〝抜擢《ばってき》〟します。少年が一躍時の人となり、『モンドくん』（PARCO出版）という画集まで刊行されたのは、〝快挙〟以外の何ものでもありません。

それもこれも著者の編集者魂のたまものです。

〈「本屋に並んでいる雑誌という雑誌を全滅させてやるぐらいの気持ちで作れ！　しくじったら腹を切って死ね！　腹を切って死んでも平気な顔をしてよみがえれ！　そして何事

もなかったようにまた雑誌を作れ！」……

誰に対してなのかはよくわからないが「今に見ておれ！」という感じが僕の中にあった。これだ。雑誌にはこれがある。この感じがたまらなくいいのだ。これさえあればなんとかなる〉

本書にも、「ヨレヨレ」にも、これをやらなきゃ生きていけない、という人の熱気がみなぎります。「楽しもう。もがきながらも。」の生の輝きが横溢《おういつ》しています。

（№.６５８　２０１６年1月14日配信）

「近年まれに見る面白い雑誌だ」と各所で注目された「ヨレヨレ」ですが、2015年12月に4号を出したところで、翌年春、惜しまれながら廃刊となりました。元々が特別養護老人ホーム建設の資金作りを目的とする雑誌でしたので、「その役割を終えた」からだと聞きます。とまれ、とかく暗い調子で語られがちな老人介護、認知症、看取りの世界を「ゆかい痛快くらくない。」と笑い飛ばしたこの雑誌は、確実に〝何か〟をもたらしました。本書はその貴重にして克明な奮闘記です。

愛は唯一、理性的な行為である

『モリー先生との火曜日』

ミッチ・アルボム
（NHK出版）

劇場ロビーに置かれた芝居のチラシが目に飛び込んできました。『モリー先生との火曜日』（加藤健一事務所）でした。死を間近に控えた老教授が、週に1度、かつての教え子に自宅で行う「人生の意味」についての〝最終講義〟――。原作本に載っていた〝師弟〟のツーショット写真が、おぼろげに頭に浮かびます。

1997年にアメリカで刊行され、ノンフィクション部門のベストセラーになった作品です。著者は人気スポーツコラムニストとして仕事に忙殺される日々を送っていました。そんなある日、深夜のニュース番組で、大学時代の恩師モリー・シュワルツ教授が難病のALS（筋萎縮《いしゅく》性側索硬化症）に侵されていることを知ります。卒業式の別れ際に、前の日に買っておいたプレゼントを手渡すと、小柄な先生は感激して「ぼく」を抱きしめます。「ときどき連絡してくれるね」、「もちろんですとも」。先生の目に涙が光っていたのが、16年前のことでした。

それ以来、自分が生きていくだけで精一杯の若者は、先生に連絡することも絶えてありませんでした。画面に映る恩師の姿に胸を衝《つ》かれ、呆然《ぼうぜん》として立ちすくみます。卒業してから初めて、著者はモリー先生の自宅を訪ねます。何年もの空白に負い目を感じている著者をよそに、「やっともどってきてくれたね」と、昔と変わらない温かさが彼を包みます。「まるでぼくが長い休暇をとっていただけのように」。

そして以前と同じような好奇心を見せて、まっすぐに問いかけてくるのです。「誰か心を打ち明けられる人、見つけたかな?」、「君のコミュニティーに何か貢献してるかい?」、「自分に満足しているかい?」、「精一杯人間らしくしているか?」。

〈しばらくの間、そうやっていっしょに食事をしていた。病気の老人と健康な青年が、部屋の静寂を体の中に取りこみながら。……

突然モリーが口を開いた。「死ぬっていうのはね、悲しいことの一つにすぎないんだよ。不幸な生き方をするのはまた別のことだ。ここへ来る人の中には不幸な人がずいぶんいる」〉

またこうも言います。「多くの人が無意味な人生を抱えて歩き回っている。自分では大事なことのように思ってあれこれ忙しげに立ち働いているけれども、実は半分ねているようなものだ。まちがったものを追いかけているからそうなる。人生に意味を与える道は、人を愛すること、自分の周囲の社会のために尽くすこと、自分に目的と意味を与えてくれるものを創りだすこと」

余命わずかな恩師に「別れの言葉」を告げる訪問のつもりでした。ところが彼と言葉を交わすうちに、著者は自分の生き方に、ふと疑問を抱きます。こうして、1000マイルの距離もいとわず、毎週火曜日に、モリー先生の許《もと》へと通い始めます。「人間誰しも人生の教師が必要なんだ。そして、ぼくの教師は——目の前に座っている」。「何でも質問して」という声に促されて、リストアップしたのはこんなテーマでした。死、恐れ、老い、欲望、結婚、家族、社会、許し、人生の意味——どれもが、単なるお題目ではなく、著者自身が直面する人生の悩みそのものでした。かつて著者は先生のことを「コーチ」と呼んでいました。その綽名《あだな》が先生はお気に入りでした。「君は私の選手ってわけか。私みたいな年寄りにはもうできないようなすてきな人生を、プレーできるんだ」。

たとえば「死」について、先生は語ります。

「いずれ死ぬことを認めて、いつ死んでもいいように準備すること。……そうしてこそ、生きている間、はるかに真剣に人生に取り組むことができる」

「(死ぬ準備は)仏教徒みたいにやればいい。毎日小鳥を肩に止まらせ、こう質問させるんだ。『今日がその日か? 用意はいいか? するべきことをすべてやっているか? なりたいと思う人間になっているか?』」

「いかに死ぬかを学べば、いかに生きるかも学べる」

「こんなに物質的なものに取り囲まれているけれども、満たされることがない。愛する人たちとのつながり、自分を取り巻く世界、こういうものをわれわれはあたりまえと思って改めて意識しない」

火曜日は2人にとって、かけがえのないひと時となります。しかし、講義のラウンドを重ねるにつれて、老師の病状は確実に悪化していきます。容赦ない神経疾患は、残された時間がわずかしかないことを思い知らせます。けれども、激しい咳《せき》の発作に見舞われた翌朝にも、モリーはにっこり笑って語ります。「みんな死のことでこんなに大騒ぎするのは、自分を自然の一部とは思っていないからだよ。人間だから自然より上だと思っている。……そうじゃないよね。生まれるものはみんな死ぬんだ」。そして、ここから反転して、思いがけない結論を導きます。

「人間は、お互いに愛し合えるかぎり、またその愛し合った気持ちをおぼえているかぎり、死んでもほんとうに行ってしまうことはない。つくり出した愛はすべてそのまま残っている。思い出はすべてそのまま残っている。死んでも生きつづけるんだ——この世にいる間にふれた人、育てた人すべての心の中に」

「死で人生は終わる、つながりは終わらない」

やがて最終講義の日が訪れます。ほんの短い言葉を交わすうちに、恩師の目には涙が溢《あふ》れます。

〈コーチ。

「ああ?」

さよならをどう言っていいかわかりません。

モリーは、ぼくの手を胸の上に置いたままそっとたたく。

「これが……私たちの……さよなら……」

静かな呼吸、吸って、吐いて。胸郭が上がっては下がる。と、こちらをまともに見つめる。

「愛している……君を」声がきしんだ。

僕も愛してます、コーチ。

「知っているよ、君がその……知っている……ほかのことも……」

何を知っているんですか？

「君は……いつも……」

目が小さくなって、嗚咽《おえつ》し始めた。涙腺《るいせん》の働きなど考えたこともない赤ん坊のように顔をゆがめて。ぼくは何分もその体をしっかり抱きしめる。たるんだ肌をさする。髪を撫でる。手のひらを顔に押しあてると、筋肉のすぐ下にほほ骨を感じる。小さな涙の粒が、点滴器から押し出されるように、滴り落ちてぼくの手を濡らす〉

『モリー先生との火曜日』

モリーの葬儀が卒業式の代わり、〝最終論文〟が本書というわけです。

今回、久々にこの〝最終論文〟を読み返し、感動の質は少しも変わっていませんでした。

師弟の物語とほぼ時を同じくしながら、元妻を殺害したとされるプロフットボールのスーパースターO・J・シンプソンの裁判が行われていました。全米中の注目の的でした。海外のニュースでは、ボスニアの内紛、ダイアナ皇太子妃をめぐるスキャンダルなどが話題でした。「愛について語ること」がとりわけ困難な時期だったかもしれません。

それだけに、著者が16年ぶりに恩師のことを思い出すきっかけを作った、ABCニュース「ナイトライン」は、大きな役割を果たしました。毎日、特定のテーマを取り上げ、問題の本質に鋭く迫っていくこの30分番組は、私も欠かさず見ていた時期があります。司会者テッド・コッペルは、3度モリーの自宅を訪れます。初回は教授による抜き打ちの〝資格試験〟が行われ、これにパスしたことで取材が許されます。

モリーは手ぶりをまじえて（この時期はまだ可能でした）、人生の終末にいかに立ち向かおうとしているかを熱く語ります。これが放送されて、遠い別世界に暮らしていたかつての教え子を引き寄せます。2回目の収録の際には、少しリラックスした雰囲気も生まれました。番組担当者とテッド・コッペルからは、さらに「もう一度出てほしい」というオファーが寄せられます。ただし、時期については「もう少し待ちたい」と。

この時、モリーのかたわらにいた著者は、不快感を示します。ジャーナリストであるだけに、余計に反発したフシが窺《うかが》えます。「もう少し待ちたい」というのはいつまでなのか？

もっとモリーが弱るまで待つということか？　彼は憤懣《ふんまん》をぶつけます。

〈モリーは笑いを浮かべた。「たぶん、あの連中は私をちょっとしたドラマに使うつもりなんだよ。それはそれでいい。たぶん、こっちも向こうを利用しているんだから。何百万の人に私のメッセージを伝えるのに役に立つ。あの人たちなしにはできることじゃない、だろう？　持ちつ持たれつさ」〉

この言葉に、モリーの切迫した思いを痛感します。そして3回目。テッドとモリーは、友人同士のように語り合い、モリーは静かに死にたいな、と言って、警句の披露に及びます。「はやばやとあきらめるな、いつまでもしがみつくな」。

〈コッペルはつらそうにうなずいた。最初の番組から半年しかたっていないのに、モリー・シュワルツの姿は目にも明らかに崩れ果てている。モリーはテレビ視聴者の目の前でぼろぼろになった。まるで死の連続ドラマ。しかし彼の肉体が朽ちるにつれ、人格は一段と輝きを増す。

インタヴューの終わりにカメラはモリーをクローズアップし、コッペルは画面から消えて、声だけが外から聞こえてくる。大勢の視聴者に何か伝えたいことありませんか、ときいている。……

「思いやりを持つこと。お互いに責任を持つこと。この教訓を学ぶだけでも、世界はずっとすてきな場所になるだろうね」

そこで一息入れて、十八番のマントラをつけ加える。「互いに愛せよ。さなくば死あるのみ」〉

インタビューは終わります。が、カメラマンはそのままカメラを回し続け、その後のやりとりも収録されます。「りっぱなものでしたよ」とコッペルが語りかけると、「持っているもの全部出したよ」とモリー。「この病気は私の精神になぐりかかってくるけれど、そこまでは届かない。肉体はやられても、精神はやられない」。

再読して共感したのは、この時の（著者には冷ややかな視線を向けられますが）テッド・コッペルの立ち位置でした。当事者には決してなり得ない傍観者（メディア）ですが、テレビカメラの前でモリー・シュワルツという一人の人間の貴重な最後の証言を記録しておきたい、というジャーナリストの真摯《しんし》な思いが伝わってきます。

「互いに愛せよ。さなくば滅びあるのみ」というW・H・オーデンの詩句を愛するモリーは、

「愛は唯一、理性的な行為である」（レヴァイン）という言葉を著者に授けます。「人生でいちばん大事なことは、愛をどうやって外に出すか、どうやって中に受け入れるか、その方法を学ぶことだよ」。

本書のタイトル“Tuesdays with Morrie”（火曜日はモリーとともに）は、ある時著者が先生の書斎で思いつきます。提案すると、モリーは「顔を赤らめんばかりににっこり」と笑います。決まりです。

〈わが老教授の最後の授業は、週に一度、その自宅で行われた。書斎の窓際で小さなハイビスカスがピンクの花を落としていた。授業は火曜日。本はいらない。テーマは人生の意味。経験をもとに語られる授業だった。

それは今でもつづいている〉

木々に囲まれ、池が見晴らせる丘の上に、モリーは眠りました。「死するまで教師たりき」――墓碑銘は、先生自身が決めました。

（No.541　2013年5月16日配信）

1999年に、アメリカでテレビ映画化された際には、モリーの役をジャック・レモンが好演しました。真に迫る見事な演技です。2年後、彼もまた世を去りますが、このDVDを観て、本書をじっくりと読みたくなる人も多いでしょう。日本人が「生き方」「働き方」を見直し始めているこの時期にこそふさわしい作品と思います。

癌が僕に教えてくれたこと

『ただマイヨ・ジョーヌのためでなく』

ランス・アームストロング

（講談社文庫）

先週は、人類初の月面着陸をなし遂げたアポロ11号のニール・アームストロング船長のことを書きました。8月25日、82歳で彼の魂がふたたび地球を離れて、天に召されていったからです。

今回は、もうひとりのアームストロングについて書きたいと思います。ランス・アームストロング、40歳。初めて月を歩いた英雄の死が伝えられる前日に、こちらのアメリカン・ヒーローに科された「厳罰」のニュース――「全タイトル剥奪《はくだつ》、自転車競技からの永久追放」もまた、計り知れない衝撃がありました。

史上最年少の21歳という若さで世界自転車選手権に優勝。その後も着実にトップレーサーの道を突き進んでいたアームストロングが、睾丸《こうがん》がんを発病。それが脳と肺にも転移していると判明したのは、1996年、25歳の時でした。「生存率3パーセント」という最悪の状態にもかかわらず、3度の手術、3ヵ月にわたる化学療法による壮絶な闘病生活を乗り越え、何と第一線への復帰をめざします。そして3年後の1999年、自転車競技の最高峰であるツール・ド・フランスを初制覇すると、そこから前人未到のツール7連覇を達成、まさに奇跡をなし遂げます。一方で、がんコミュニティの一員として「ランス・アームストロング基金」を設立し、がん撲滅のための活動にも力を尽くします。2004年に発売した黄色いリストバンドが世界的な反響を巻き起こしたことは、周知の通りです。

その彼が、米国反ドーピング機関（USADA）から、ドーピング（禁止薬物使用）疑惑を問われ、ツール・ド・フランス7連覇を含む98年8月1日からの全タイトル抹消と自転車競技からの永久追放処分を言い渡されたのです。これまで容疑に対して一貫して潔白を主張してきたアームストロングでしたが、8月23日、USADAの告発に対して異議申し立てを放棄するとの声明を発表しました。「過去数年におよぶ魔女狩りにあい、家族や基金の仕事に支障がもたらされた。もう十分だ。これ以上、無実を主張して争う代わりに、この馬鹿げた騒動から手を引くことにした」という内容です。

真相は分かりません。アームストロングには、これまで元チームメイトや関係者などの証言でドーピング疑惑がつきまとっていたことは確かですが、彼自身は「いままで500回以上検査を受けたが、一度も陽性反応が出ていない」と反論。物的証拠はなく、違反は認められないままでした。ところが、調査を続けていたUSADAが2012年6月に、アームストロングとチーム関係者を告発。アームストロングは米連邦地裁に告発の取り下げを申し立てますが、7月に棄却。そこで、裁判で争ってもムダだと結論を下し、上記の声明となった模様です。

USADAは異例とも思われる過酷な処分を決定しました。今後は、USADAの上部団体である世界反ドーピング機関（WADA）や国際自転車連合（UCI）がどういう判断を示すかが気になるところです。スポーツ仲裁裁判所（CAS）に是非が委《ゆだ》ねられる可能性もあります。

ともあれ、自転車の世界に限らず、陸上競技、あるいは米大リーグ野球（MLB）などでこの種のスキャンダルが出る度に、何ともやりきれない思いがこみ上げます。「アームストロングよ、お前もか」と叫びたくなるほどです。本当に潔白であるならば、なぜ無実を勝ち取るまで闘わないのか。どんな苦境にあっても「決してあきらめないこと、外見は気にせずただ歯を食いしばってゴールまで突き進んでいく」のがアームストロング流ではなかったか、という無念さが募ります。

しかしその一方で、この〝処分〟に割り切れなさがつきまとうのも事実です。ツール・ド・フランス初優勝の時点から、いやそのレースの最中から、アームストロングに対しては明らかに敵対的な〝疑惑〟の眼差《まなざ》しが注がれていたからです。カムバック不可能と思われていた選手が、あまりに早くがんのダメージから立ち直り、なおかつ無敵の強さを示したがゆえにでした。２０００年に刊行されたこの自伝の中でも、そのことがさんざん書かれています。

周知のように、ツール・ド・フランスで最も過酷なステージは、レース中盤に組まれているアルプス越えです。１９９９年の大会11日目、第９ステージはフランス、イタリア国境の山を走る２１５キロの上りコースでした。ここまで総合タイムのトップを走ってきたアームストロングですが、山岳は苦手という定評があり、おそらくここでつぶれるだろうと誰もが予想していました。ところが、そのアームストロングが驚異の快走を見せ、ステージ優勝を果たすのです。そこから、場外のバトルが始まりました。折しも、前回大会でかつてないドーピング問題が噴出し、その余波が尾を引いているタイミングでした。

〈アルプスに入って、僕に新たな敵ができた。僕の上りでのこれまでより格段に良くなった技術が、いまだに昨年夏以来、薬物スキャンダルの血の臭いをかぎまわっている、フランス・マスコミの疑惑を招いたのだ。ひそやかなうわさ話が始まった。「アームストロングは何かやってるに違いない」。レキップ紙やルモンド紙にも、正面切ってではないが、僕のカムバックは少々奇跡的すぎる、とあてこする記事が出た〉

がんの化学療法がアームストロングの快走に何らかの役割を及ぼしているのではないか。治療中に「何か能力を増強させる秘薬を与えられたのではないか」という疑惑が向けられました。

〈理解できなかった。癌治療が僕のレースにプラスになったなどと、なぜたとえ一瞬でも考えられるのだろう。おそらく治療の過酷さは、癌患者にしかわからないのだろう。三ヵ月というもの、その強い有毒性で知られる物質は、毎日僕を痛めつけた。僕は治療から三年たった今でも、体内に毒を感じており、完全に排出されていないという気がする。

僕には隠しだてすることは何もなかったし、薬物検査はそれを証明してくれた。ツール主催者が薬物検査をする選手をランダムに選ぶとき、僕のチームからはいつも僕が選ばれるのは偶然とは思えなかった。……だが今回は、薬物検査は僕の味方となった。なぜなら僕が汚染されていないことを証明してくれたからだ。僕は検査を受け、陰性とされ、また検査された〉

その後もマスコミの絶え間ない攻撃にさらされ、アームストロングはレースへの集中を妨げられます。「一所懸命努力し、再び自転車に乗るために大きな犠牲を払った」というのに、その苦労は報われないのか、と彼は怒ります。

そして気づきます。薬物疑惑を持ち出してきた連中は、自分が病気の時に、「彼はもう終わった。二度とレースに出ることはないだろう」と喧伝《けんでん》していた人たちであり、カムバックしようとした際には、「彼にチャンスはやらない。どうせ大したものにはならない」と言っていた人たちだ、ということに。いま自分がツール・ド・フランスをリードし、総合優勝に近づきつつある姿を目の当たりにして、またしても「おかしいぞ。何か裏がありそうだ」と、否定論者の本音をむき出しにしてきたのだ、と。

こうして自転車の上の戦いだけでなく、自転車を降りてもマスコミの集中砲火に満身創痍《そうい》となりながら、それでも彼は、レース中ついに総合タイム1位の選手が身にまとう栄誉あるマイヨ・ジョーヌ（黄色いジャージ）を他の誰に手渡すこともなく、最終日、パリのシャンゼリゼに凱旋《がいせん》してきます。7月3日にスタートして25日までの約3週間。総距離約4000キロの過酷なレースを走り抜け、ついにフィニッシュラインを1位で通過するのです。

ツール・ド・フランスがいかにタフな試練であるかを多少とも知っていれば、病を克服してこの勝利を手にすることがどれほどの価値であるか、想像がつくというものです。それまで自転車競技にさほどの期待も注目もしてこなかったアメリカ本土でも、アームストロングの快挙は大々的なニュースとなりました。

しかし、何といっても本書を感動的にしているのは、アームストロングが病気と真正面から向き合い、肉体的にも精神的にも劇的な回復を遂げていく過程です。「僕は哲学的にならざるを得なかった。この病気は僕に、人間としての自己を問い、これまでとは違った価値観を見いだすことをしいたのだ」。

競技人生だけでなく、命を失うかもしれない病を得たことによって、彼は人間的に大きな成長を遂げます。そして病を克服することによって、彼は競技の外の世界にも、個人を超えた大きな目的の存在にも目を開かれていくのです。同様に、自転車選手としても新たな境地に達します。それまでワンデー・レーサーとしては抜きん出ていたアームストロングですが、3週間のステージ・レースで優勝を争える選手になりました。それは単なるカムバックではありません。選手として明らかに、異次元への進化を遂げたことを意味しています。

〈本当の話、ツール・ド・フランスでの優勝と癌のどちらを選ぶか、と訊かれたら、僕は癌を選ぶ。奇妙に聞こえるかも知れないが、僕はツール・ド・フランス優勝者といわれるよりは、癌生還者の肩書きの方を選ぶ。それは癌が、人間として、男として、夫として、息子として、父親としての僕に、かけがえのないものを与えてくれたからだ。

パリでフィニッシュラインを越えてから数日というもの、僕は注目の嵐に巻き込まれた。その中で、なぜ僕の勝利がこれほど人々に大きな影響を与えるのかを、客観的に考えてみようとした。たぶん、病気が普遍的なものだからだろう。僕たちはみんな病気になったことがあるし、病気から逃れられる人はいない。だから僕のツールでの勝利は、一種の象徴なのだ。癌を乗り越えることができるだけでなく、そのあとでもっとより良い実を結ぶことができるという証拠なのだ。おそらく、友人のフィル・ナイトが言ったように、僕は「希望」なのだ〉

USADAによる「厳罰処分決定」というショッキングなニュースを知らされた後に、本書を久々に手に取りました。しかし、以前と少しも変わることなく、言葉は力強く、胸を打ちました。彼の周りには、闘病中も絶えず病床を見舞い、励まし続けた監督やチームメイト、友人、医師や看護師がいました。彼を絶えず支えてきた母がいて、カムバックへの道のりには妻が〝伴走者〟として付き添っていました。ツール優勝の感想を求められた母親は述べています。「ランスの人生はいつも、勝ち目のない戦いを戦うことでした」。

そしてアームストロング自身もこう語っています。

〈病気が僕に教えてくれたことの中で、確信をもって言えることがある。それは、僕たちは自分が思っているより、ずっとすばらしい人間だということだ。危機に陥らなければ現れないような、自分でも意識していないような能力があるのだ。それは僕の運動選手としての経験でも得られなかったものだ。

だからもし、癌のような苦痛に満ちた体験に目的があるとしたら、こういうことだと思う。それは僕たちを向上させるためのものなのだ〉

本書の言葉が、今後も輝きを失わないでいてほしいと願わずにはいられません。

（№508　2012年9月13日配信）

ひそかな願いは完膚なきまでに砕かれました。無実を信じたい思いで書いた原稿でしたが、冷厳な事実がほどなく判明します。高度な医療技術に基づく組織的なドーピングの実態が、スポーツ・ジャーナリストのデイヴィッド・ウォルシュによって明らかにされ、アームストロングの栄光と転落の軌跡を描いた衝撃の映画「疑惑のチャンピオン」が2016年夏に日本でも公開されました。

ミームをできるだけ広めたい

『つながりあういのち』

千石正一

(ディスカヴァー・トゥエンティワン)

いまさらコアラでもないでしょう。それよりもヘンなトカゲがオーストラリアにいるから、それを撮影したらどう?――このひと言が、その後の爆発的なブームの火付け役になりました。1983年、世界で初めての動物クイズ番組「わくわく動物ランド」(TBS系列)で衝撃のデビューを果たし、一世を風靡《ふうび》したエリマキトカゲです。

「こいつをびっくりさせて脅かすとね、ガーっと口を開けるわけ。そして、首元から襟巻みたいなのをバーンと立ててね、2本足で走って逃げて行くんだ」、「2本足で走るんだよ。立ってガニまたで走って逃げるんだよ」――それまで「気持ち悪いもの」の代名詞だった爬虫《はちゅう》類《るい》の面白いところやかわいいところにスポットを当て、彼らの広報担当を買って出た人物。

そしてエリマキトカゲを一躍、〝爬虫類初〟のアイドルにしたのが、この番組の監修を務めた動物学者の千石正一《せんごくしょういち》さんです。
エリマキトカゲは翌年、三菱自動車「ミラージュ」のCMにも登場。キャラクター商品も多数発売されました。またピンク色のかわいいオオサンショウウオのようなウーパールーパー（「日清焼そばU.F.O.」のCMに起用されました）や、お腹の上で貝を割るラッコの生態などが番組内で次々と紹介され、「わくわく動物ランド」はクイズ形式を借りた野生動物のバラエティ・ドキュメンタリーとして、丸9年も続く長寿番組になりました。千石先生は爬虫類研究者として画面にもしばしば登場し、独特の風貌と分かりやすい解説で、番組の人気にひと役買いました。
その先生が2012年2月7日、惜しまれつつ世を去りました。62歳の若さでした。がんで余命宣告を受けた先生が、死を間近に見据えながら、自らの足跡をたどり、「自分のいのち、動物たちのいのち、地球のいのち」に思いを寄せた遺作が、本書です。

『つながりあういのち』

〈俺は5年前に十二指腸ガンの告知を受けた。それまでにも、動物たちとかかわるなかで、いのちの大切さについてはいろいろと考えてきたし、テレビや講演などを通じて、そのことを伝えてきたつもりだ。しかし、いざ、自分のいのちが終わるかもしれないという現実

を目の前にして、「いのちとはなんだろう」ということを、より深く考えるようになった〉

〈いのちといのち同士、いのちと自然環境はみんなつながっている。

独立して生きていける生き物なんていないんだよ。

地球には、３０００万種を超える生き物がいるといわれている。それが、今、ものすごい勢いで消えていっている。ある種の生き物が絶滅したせいで、自然環境が破壊された例があるし、また、自然環境が破壊されたことで、そこに棲む生き物がいなくなってしまった例もある〉

〈俺は、自分がガンで死ぬのはどうってことないと思っている。

いや、どうってことないことはないな、本当は死ぬのは嫌だ。嫌に決まっている。死ぬのが嫌なのは、生き物としてあたりまえのことだから、ぜんぜん恥ずかしくなんかないよ。

ただ、自分がガンで死ぬのは、個体としての死なのだから、「しょうがねぇなぁ」という気がしているんだ。

でも、他の生き物が意味もなく絶滅――、つまり、個体だけでなく、その種族全体が死んでしまったり、人間のエゴで環境が破壊されたり、地球そのものが死んでしまうような

事態には、がまんがならないんだ。もっと、みんな「いのちについて」考えるべきなんだ〉

本書の冒頭に掲げられたこれらの言葉に、よけいな解説は無用だと思います。生きとし生けるもののいのちを愛《いと》おしみ、地球を大切にして、「いのちのつながり」をこれからもずっと続けていってほしい——。そういう願いを、最後の最後まで読者に伝えようとしたのがこの1冊です。

人の心を介して別の人の心に（あたかも遺伝子のように）伝達されていくのが、文化的情報（ミーム）です。親から子へと受け継がれる遺伝情報（ジーン）に比べて、人から人へと次々に伝播《でんぱ》されていく文化的情報は、生物学的、時間的な制約から自由です。より早く、より広く伝わるこのミーム（意伝子）に思いを託し、「自然環境を大切にしないといけない！」と訴えてきたのが千石先生です。ミームのリレーがつながっていけば、ヤバイけれどもまだ間に合うんじゃないか。もはや自分の目で確かめることはできないけれども、地球の未来を「俺は信じているよ」と。

本書と同時並行で進められていた先生の闘病中の記録映像を見る機会がありました（残念ながらテレビ放送は見送られたそうですが）。２０１０年5月17日、20ヵ月の余命宣告を受けた

8ヵ月後に、西表島《いりおもてじま》にやって来た千石先生。50回以上も通ったという島をめぐりながら、さまざまな生き物との〝再会〟に心躍らせたり、熱帯植物の植生や矮生《わいせい》マングローブの変わらない様子を確かめながら、ここでも「いのちのつながり」について熱く語っています。

「いのちは運動体なの。ひとつひとつのいのちがつながることで動くシステムになっている。そして人間はその仕組みをすべて理解することができるはず。だから、〝唯一の責任政党〟として、地球に対して大きな責任を負っている」

また2011年10月に撮影されたカットでは、東日本大震災で被害にあった子どもたちに、激励のメッセージを述べています。

「学校に行けないと勉強ができないということはない。世の中には本というものがあるんだし、その気になれば自分で勉強ができるはずだ。たとえば私は、日常会話であれば、シンハリ語であれ何であれ、いろんな言葉をしゃべることができる。けれども、これは本を読んで自分で勉強したからだ。大学で習ったわけじゃない。実践を通じて勉強したからだ。チャンスがなければ、自分でチャンスをつくる。そうして頑張っている人には、必ず周りの人が手を差し伸べてくれる。だから、自分で工夫しながら勉強することがとても大切だ」

小さい頃は虚弱体質で、体育の授業はいつも「見学」だったといいます。ただ、それを「はいはい」とおとなしく聞いていたわけではありません。かなりのやんちゃだったので、その時間は校庭で植物や虫を探したり、図書室に通う時間に充てていました。「おかげで図書室にある動物関係の本は、ほぼすべて読んじゃったよ。ひとりで生物の授業をやっていたようなもんだね。興味のあることにしか興味がないんだから、困ったガキだったと思うよ」。

加えて、「バカみたいに正義感が強いところ」があり、「生き物はみんな平等なんだ、いのちの価値に差があってはならない」というのが小さい頃からの信念でした。中学生になったある日、道を歩いていると、全長1・5メートルほどのアオダイショウの首を、鉈《なた》で叩《たた》き切っているおっさんと出くわします。

〈俺は、あっという間に義憤で頭に血が上った。その光景を見た瞬間、「生き物に、なんてことしてんだ!?」と猛烈に腹が立ったんだ。「いのちを粗末にするやつは許さねえ!」といきり立った。

「なにやってんだ、てめえ！　こいつがオマエに何したってんだよ！」と、そのおやじにつかみかかっていった。

「アオダイショウは人家のネズミを食べてくれる有益動物だぞ。毒なんかないんだ。何か害になることをしたのか？　たんに気に入らないから殺すってのは、あんたのほうがおかしいぞ、この野郎！」〉

後日、通っていた中学校に怒鳴り込んできたこのおやじを、担任の教師は適当にとりなし、千石少年にはひと言も知らせず、ずっと黙っていたそうです。千石さんは千石さんで、この事件がひとつのきっかけとなって、「誰かが、爬虫類の代弁をしてやらなきゃ。弁護をしてやらなければ」と考えたといいます。

勉強は、周囲にお膳立《ぜんだ》てされてするものではありません。人に何か言われたり、ましてや頼まれて勉強するものではありません。誰に何も言われなくても、逆に反対されたり眉《まゆ》をひそめられようとも、好きなことはどんどん勝手に学習するものです。現にヘビを家で飼いたいと言った千石少年は、親の猛反対にあいますが（普通は、まぁそうです）、「息子がヘビと一緒に外で暮らそうとしている」という気配を察知した親が、結局根負けして「玄関までならヘビを入れてもいい」と許したそうです。おそらく、こういう少年たちの好奇心（興味）

の妨げをしない、というのが周囲の大切な役割なのだと思います。
ちょうど出たばかりの、ねじめ正一《しょういち》さんの小説『長嶋少年』（文藝春秋）を読みました。主人公のノブオは、詩人である父親が行方不明で、子育てにも生きることにも投げやりな母とふたりで暮らす小学4年生です。野球が上手なノブオの「神様」は、プロ野球の長嶋茂雄《ながしましげお》です。団塊世代の少年たちが、いきなり心を鷲《わし》づかみにされたスターは、何といっても長嶋です。ノブオは長嶋選手のことが好きだから、どんな悲しい目に遭っても、どんな辛《つら》いことにも自分は耐えられる、と信じています。

「僕の中の長嶋はインチキ臭くありません。僕の長嶋は本物です」
「僕は長嶋です。長嶋は闘うときは闘うのです」

出生の秘密や、親友との別離、不運な怪我、孤独な日々……多感な子どもには重過ぎる悩みを抱えながら、それでも頑張り続けていられるのは、自分の中に長嶋選手がいるからです。好きな対象に向かって、まっすぐに駆け抜けようとするノブオの背中に、ふと千石先生の姿が重なります。先生にとっての長嶋茂雄は、すべての「生き物」だったのでしょう。「生き物」が丸ごと心の拠《よ》り所であり、勇気やエネルギーの源泉となって、先生をここまで連れてきたのだと思います。

〈生き物は、みんな生きるために精一杯だ。……繁殖のさなかに鳥に捕食される昆虫がいる、大人になる前にライオンに捕らえられるガゼルがいる、干ばつでいのち尽きるカエルがいる。みんな生きるのに一生懸命だ。だから、その姿は美しく愛おしい。

だから、俺も、いつまで生きられるかわからないいのちだけど、精一杯生き抜きたいと思っている〉

病気になって、死を覚悟して、初めて自分は気がついた、とあります。「中途半端で終わるからこそ、『生』は愛おしい」――負け惜しみではなく、本心からそう気づいた、と。だから、せめて自分の考えを書き残しておこうと本書の筆をとりました。鳥が木の実をついばんで種子を運ぶように、風が遠くに種子を飛ばすように、自分のいのちが終わった後も、人から人へとミームに託した願いが、より早く、より広く伝わっていくように――。

（№494　2012年5月24日配信）

文中に出てくる最後の記録映像「千石先生のいのちはみんなつながっている」をプロデュース・制作したのは、ＴＢＳ系列「わくわく動物ランド」で制作スタッフを務めた映像ディレクターの斉藤純さん。一方、本書は先生ががんとの激しい闘病生活を送りながら、「遺書」のつもりで取り組んだ作品ですが、最後の校正を終えたところで、天に召されました。出来上がった本を、目にすることは叶（かな）いませんでした。

あとがき

本書の元になったメールマガジンは、2010年7月1日から2017年3月30日まで都合317回書きました。季刊誌「考える人」（新潮社）の2代目編集長に就任したその日から、雑誌が休刊になり、最終号（4月4日発売）を作り終えた私が新潮社を退社する前の日まで、よほどの不都合がない限りコンスタントに書きました。

創刊編集長である松家仁之《まついえまさし》さんから、「週に1度メールマガジンを配信しています」と言われた時は、わりあい気軽に引き継ぎました。いざ始めてみると、週1回のペースが身につくまで、「原稿、どうですか?」と催促されて、大慌てすることが何度かありました。

メルマガを書くことの意義を、友人がマジメに説いてくれました。出版危機と言われる時代だからこそ、編集の現場で何を考えているか、それを発信することの意味は大きいぞ、と。

もう一つ、個人的な思惑もありました。私は約30年、中央公論社（現在の中央公論新社）に勤務して（その後、別の会社にも関わりますが）、新潮社に中途入社した者です。突然編集部に、紛れ込んできたような存在です。どんな考えの人間なのか、どういう思いで雑誌を作るのか――それを社内外に伝えるためには、メルマガは格好の手段だと考えたのです。

身辺雑記はなるべく避けて、面白かった本や映画などの話題を中心に、少し長めの文章を丁寧に書くことに決めました。長過ぎる、と言われたこともありますが、読者も次第になじんでくれたみたいです。登録者の数も増えました。そうなると、手抜きができないのは必《ひつ》定《じょう》で、自分で自分の首を絞める結果になりました。

昼間の仕事が片付いて、ほっとひと息つく間もなく、時間に追われながら、毎回綱渡りを演じます。あるところまで書き進んだものの、どうしてもテーマに共感しきれず、思い切って中断したこともありました。新ネタに挑戦し直すと、いつの間にか夜がしらじらと明けて、さすがに〝年齢《とし》〟を痛感します。

1月28日に、ミシマ社から『言葉はこうして生き残った』という、やはりメルマガ起源の本を出しました。こちらは明治から現在にいたるまでの、出版や編集に関わる人間ドラマを中心に、どちらかといえば硬派の文章を集めています。本書はそれと対《つい》をなす意味で、より幅広く、自分が心を動かされた本の話をいろいろ集めたつもりです。選んでくれたのは編集担当の堀由紀子さんで、彼女の読後感を聞くことはとても楽しい作業でした。

読書案内ふうの体裁ですが、系統だったものではありません。心を動かされた理由もさまざまです。整理され過ぎたガイドブックではなく、どのようにでも読める雑記帳のほうが、読む人にいろいろ考えてもらえる面白さがあるのではないかと考えました。

本書の企画が持ち上がった時は、雑誌の休刊のことはまったく念頭にない時期でした。「考える人」という15年続いた雑誌をより広く世に認知してもらうために、この本がひと役買ってくれるのではないかと願いつつ、タイトルも決めたつもりでした。人生には思いがけないことが起こります。予想もしない方向へと事態が動き出すこともあるものです。今回、改めて痛感しました。

6年9ヵ月の間、毎週のメルマガ配信を手伝ってくれた新潮社の職場の諸氏には感謝いたします。これを引き継いだ時、6210人だった登録者数が、最後は1万8273人（3月8日時点）になりました。こつこつ書いているうちに、確実に読者が増えました。ご愛読いただいた皆様には、改めて厚く御礼申し上げます。週1回の締切があったことと、読者からの反応が、深夜パソコンに向かう私の背を後ろから支えてくれました。本当にありがとうございました。

願わくは、楽しい読書を！

本文デザイン　國枝達也
イラスト　ねもときょうこ

本文中には今日の人権擁護の見地に照らして不適切と思われる語句や表現がありますが、紹介している書籍が書かれたときの時代的・社会的背景にかんがみ、そのままといたしました。

河野通和（こうの・みちかず）
1953年岡山市生まれ。編集者。東京大学文学部ロシア語ロシア文学科卒業後、78年中央公論社（現中央公論新社）に入社。おもに雑誌編集にたずさわり、「婦人公論」編集長、雑誌編集局長兼「中央公論」編集長などを歴任。2008年退社。09年日本ビジネスプレス特別編集顧問。10年新潮社に入社し、雑誌「考える人」の編集長となり、6年9か月務める（2017年春号で休刊）。週に一度配信されるメールマガジンは、週刊とは思えない内容の濃さと分量で1万8000人を超える登録者に愛読された。17年3月、同社退社。著書に『言葉はこうして生き残った』（ミシマ社）がある。

「考《かんが》える人《ひと》」は本《ほん》を読《よ》む

河《こう》野《の》通和《みちかず》

2017 年 4 月 10 日　初版発行
2025 年 5 月 20 日　5 版発行

◆◇◇

発行者　山下直久
発　行　株式会社KADOKAWA
〒102-8177　東京都千代田区富士見 2-13-3
電話　0570-002-301（ナビダイヤル）

装 丁 者　緒方修一（ラーフイン・ワークショップ）
ロゴデザイン　good design company
オビデザイン　Zapp!　白金正之
印 刷 所　株式会社KADOKAWA
製 本 所　株式会社KADOKAWA

角川新書

ISBN978-4-04-082113-9 C0290